Paul Alech

Une nuit étoilée

roman

Éditions Dédicaces

UNE NUIT ÉTOILÉE, par PAUL ALECH

EDITIONS DÉDICACES LLC

www.dedicaces.ca | www.dedicaces.info
Courriel : info@dedicaces.ca

2

Paul Alech

Une nuit étoilée

4

Tragique destinée

Dans la soie de sa robe de chambre aux reflets argentés, il hésitait encore. Le choix du costume qu'il allait mettre occupait pour l'instant toutes ses pensées. Dehors, le temps incertain compliquait l'issue de son choix. Il ouvrit la porte du dressing. Parmi tous les costumes venus de grands couturiers, il en prit finalement un au hasard et commença à s'habiller.

Il habitait une villa située en bord de mer dans une station balnéaire. Il l'occupait régulièrement lorsque la vie parisienne lui devenait insupportable. Direct descendant d'une grande famille de banquiers, hommes d'affaires et autres PDG d'importantes sociétés, il pouvait se permettre de vivre de ses substantiels revenus jusqu'à la fin de ses jours ; et c'est bien ainsi qu'il l'entendait.

"De la race des seigneurs", le monde qui végétait au-dessous de lui ne l'intéressait nullement. Une fois en ville il irait déjeuner dans un grand restaurant puis, assisterait à une exceptionnelle vente d'objets d'art à laquelle il était invité. Mais avant cela il désirait passer à l'étude de son notaire, afin de signer certains papiers concernant des achats immobiliers. Il était neuf heures ; la voiture était en bas dans l'allée. La personne qui habituellement l'accompagnait dans ses déplacements étant en congé, bien que détestant conduire il se mit au volant de la Mercedes. Alors qu'il roulait en direction du centre de la station, le ciel rapidement s'assombrit et la pluie fit son apparition.

A gauche défilait la plage, que les vagues une à une venaient ourler d'écume. A droite perdues dans un écrin de verdure, s'échelonnaient une succession de villas dont on apercevait les grilles d'entrées, encadrées de lauriers roses et

5

de bougainvilliers. A présent la voiture roulait sur l'avenue bordée de grands hôtels et de boutiques. Plus dense, la pluie venait avec insistance frapper le pare-brise. Malgré l'action des essuie-glaces, la visibilité était de plus en plus réduite. Arrivé à un rond-point, un bouchon semblant s'être formé, la circulation plus compacte le mit hors de lui. Il pesta contre le ciel et contre tous ces automobilistes, qui avec leurs maudites voitures l'empêchaient d'avancer

De sa Mercedes immobilisée, il vit sortant d'un petit parc qui bordait l'avenue, un drôle d'individu. Le visage mangé par une barbe de plusieurs jours, l'homme se tenait sur le trottoir détrempé. Il portait des chaussures éculées, et ses mains disparaissaient dans l'ampleur des manches d'un trop grand pardessus. La pluie semblait n'avoir sur cet être aucun effet. Regardant dans sa direction, immobile à quelques mètres de lui, ce curieux personnage avait quelque chose d'inquiétant. Il détourna la tête, ne comprenant pas cette exposition de misère et de pauvreté. C'était inadmissible !... Il pensa à la partie de cartes qu'il ferait ce soir chez des amis. Beaucoup d'argent serait en jeu, mais qu'importe ! Il se savait capable de pouvoir faire face à n'importe quel mauvais coup du sort

Après s'être échappé du centre psychiatrique, il erra dans les rues une bonne partie de la nuit. Il était passé par les cuisines désertes et à l'aide d'un couteau trouvé dans un tiroir, avait réussi à ouvrir la porte qui donnait sur l'extérieur. Après avoir traversé la pelouse, s'aidant en montant sur les conteneurs de poubelles il parvint à franchir le mur d'enceinte. Une fois dehors, évitant les éclairages il emprunta les zones les plus sombres que la nuit mettait sur les trottoirs. Longtemps il avait marché avant d'atteindre les rues désertes des vieux quartiers. Aller n'importe où, mais ne plus être enfermé ! Cette pensée lui revenait sans cesse ; remplissait sa tête et l'incitait à avancer, à aller toujours plus loin. Au bout de sa fuite, il trouva devant lui la plage. Fatigué, il s'assit sur le sable. Il replia ses jambes, prit ses genoux entre ses bras et regarda en direction de la mer ; immensité que la nuit envahissait et plongeait peu à peu dans le noir. Au bout d'une heure ou deux bien que ne la voyant plus, il l'entendait vivre, respirer ; respiration scandée par le bruit des vagues. Il la devinait toute proche, allongée devant lui comme une bête assoupie, mais prête à bondir. Seules au loin au bout de la jetée, apparaissaient les lueurs d'un phare. Il leva les yeux au ciel et son esprit monta vers les étoiles.

Dans un temps proche et à la fois lointain, il avait épousé une femme qu'il aimait et qui lui avait donné une ravissante petite fille. Il occupait un emploi de représentant et tout allait pour le mieux. Ils étaient heureux !

Puis un jour, la maison qui l'employait eut de grosses difficultés. Il se retrouva au chômage et dès lors, ses ennuis commencèrent. Ne trouvant plus de travail, les mois passaient entamant peu à peu son assurance. Sa femme trouva un emploi dans le milieu hospitalier ; mais ses horaires pas toujours fixes, affectaient l'ambiance familiale qu'ils avaient connue. Les heurts du couple se firent plus fréquents.

Faible psychologiquement, il se mit à boire ; dans un premier temps pour se donner de la force et du courage, puis pour oublier. Il sombra dans une dépendance et une dépression, qui peu à peu l'isola et l'éloigna des siens. Les mêmes réflexions, les mêmes doutes l'assaillaient sans cesse. Un mur l'entourait ; un monde obsessionnel se refermait sur lui. Bien sûr, on le soigna ! Il fit plusieurs séjours dans les hôpitaux; en ressortit chaque fois sinon guéri, du moins en partie calmé. Dans son couple ce fut la fracture. Les querelles se succédant aidées en cela par les prises d'alcool, sa femme le quitta ; emportant avec elle sa fillette.

Un soir, il la suivit. Elle entra dans un grand restaurant tout illuminé. À travers les grandes baies vitrées, il la vit s'asseoir à une table où un homme semblait l'attendre. Il reconnut en lui

7

un jeune docteur qu'elle côtoyait professionnellement. Alors que son travail terminé elle se faisait raccompagner chez elle, à plusieurs reprises il avait vu sa femme descendre d'une voiture décapotable que conduisait cet homme. L'attitude du couple dans ce restaurant ne laissant aucun doute sur la nature de leur relation, il sentit monter en lui une sourde révolte mêlée de haine, d'envie de détruire. Afin de se calmer, il pénétra dans un bistrot à l'angle de la rue. Les verres se succédèrent ; qui, au lieu d'atténuer sa colère ne fit que l'accentuer. Dans sa tête tout se mêlait : ses déboires, sa rancœur, l'abandon de sa femme ; trop de gens lui en voulaient, le poursuivaient, souhaitaient sa perte. Et c'est d'un pas mal assuré mais résolument décidé, qu'il se dirigea vers le restaurant. Sitôt entré, vociférant des paroles inaudibles, il balaya d'un revers du bras tout ce qui se trouvait sur le comptoir. Verres, carafes et autres assiettes explosèrent sur le carrelage dans un immense fracas. Puis il s'affala sur les tables derrière lui, qu'avait désertées une clientèle affolée. Il se releva. Titubant, il se dirigea vers le couple responsable de cette crise de démence. Il ne fallut pas moins de trois serveurs et d'une aide venue des cuisines, pour le plaquer au mur et l'y maintenir. Avant que la police ne l'emmène, il vit les deux coupables monter dans une Mercedes et disparaître. Dangereux psychopathe, on l'enferma ; avant de le placer plus tard dans un centre psychiatrique.

À présent, le jour commençait à poindre. Une à une dans le ciel les étoiles pâlissaient et la mer doucement reprenait des couleurs. Il se leva ; marcha longtemps le long de la plage. Il releva le col de son pardessus qu'il portait depuis son enfermement ; pardessus qu'il avait échangé contre des cigarettes à un gars plus grand et plus fort que lui. Venant de l'est un léger vent avait emmené des nuages qui, s'amoncelant sur la ville teintaient de gris le paysage. Il pensa que la pluie ne devrait plus tarder ! Bien qu'affichant un calme apparent, dans sa tête c'était le chaos. Les mêmes questions auxquelles il ne pouvait répondre le taraudaient, ne lui laissant aucun répit. Il traversa la chaussée et marcha le long du trottoir où s'alignaient de somptueuses demeures. Il ressentit un profond dégoût pour tout ce luxe étalé ; dégoût également partagé pour ses rutilantes voitures de marques étrangères. Après plus d'une heure de marche, il atteint une avenue où s'agglutinaient grand nombre de véhicules. A présent il longeait un square. Ayant passé une bonne partie de la nuit à déambuler dans les rues, il fut soudain envahi d'une profonde fatigue. Pénétrant dans le parc, il s'allongea sur le premier banc venu. C'est la pluie qui le réveilla. De grosses gouttes tombaient autour de lui et bien qu'étant à l'abri de quelques branchages, commençaient à tremper ses vêtements. Il s'assit sur le banc et chercha dans ses poches un mouchoir, afin d'essuyer son visage. Dans la poche intérieure de son manteau sa main saisit un objet. C'était un couteau au manche noir, à la lame tranchante et effilée. Lui ayant servi à ouvrir la porte des cuisines lors de sa fuite du centre, il avait dû machinalement le glisser dans sa poche. La pluie redoubla. Derrière lui sur l'avenue, un embouteillage occasionna un concert de klaxons. Ces bruits eurent pour effet de réveiller un flot de douleurs dans son crâne. Il se retourna. La première chose qu'il vit dans la file de voitures arrêtées sur la chaussée, fut une Mercedes ; identique à celle qui à la sortie du restaurant emporta sa femme. Sa femme qu'il n'avait jamais cessé d'aimer.

...L'homme sous la pluie avait disparu. Il fut tiré de ses réflexions par des coups rapides, répétés, frappés contre la vitre de sa portière. L'individu qui sortait du square et qui quelques instants auparavant était sur le trottoir, avait fait le tour de la voiture. Dans un premier temps il ignora cette présence. Mais comme les coups redoublaient d'intensité, il pensa que quelques pièces de monnaie suffiraient, pour se débarrasser de l'intrus. C'est alors qu'il actionna le bouton de commande de sa vitre avant. De l'extérieur, l'homme passa son bras dans cette ouverture et de la manche de son large pardessus, sa main sortie armée d'un couteau. D'un coup net et précis, de l'homme assis au volant il sectionna la carotide. Un jet de sang éclaboussa le tableau de bord. Dans une voiture toute proche une femme poussa un cri. Son forfait accompli, il retourna sur le trottoir. La pluie avait cessée. Il mit ses mains dans ses poches et tranquillement redescendit l'avenue.

Le soleil perçait à travers les nuages ! A la maison, sa femme et sa fille devaient l'attendre ; il irait bientôt les retrouver !

Jeu de ballons

Nous étions au mois d'août ; la journée avait été particulièrement chaude. Dans son appartement au huitième étage, la dame âgée assise dans son fauteuil récupérait. Son fils et ses deux arrière-petits-enfants, aujourd'hui lui avaient rendu visite. S'accommodant mal avec son grand âge, au bout d'une heure les cris et chahuts des gosses avaient fini par l'exténuer. Après leur départ, la sonnerie sur le palier se fit entendre. Péniblement, elle s'extirpa de son fauteuil et marcha jusqu'à la porte.

— Qu'est-ce que c'est ? Qui est là ?

— C'est Laurence ! Votre voisine !

A travers le judas elle reconnut effectivement sa voisine, qui occupait l'appartement du neuvième étage juste au-dessus du sien.

C'était une personne charmante, qui ne manquait jamais de lui rendre de menus services et dont la présence toute proche la rassurait. Aussitôt elle déverrouilla la porte afin de permettre à Laurence d'entrer.

— Alors vous êtes contente ? Vos enfants vous ont rendu visite ?

— Entrez ! Oui bien sûr ! Mais les petits sont tellement turbulents ! Qu'à présent cela me fatigue.

— Oh ! Vous dites ça, mais vous êtes bien contente de les voir !

Ses deux arrière-petits-enfants étaient âgés de quatre et six ans. Il est vrai qu'à quatre-vingt-cinq ans, on doit vouloir préserver ses longs moments de calme et de tranquillité ; aujourd'hui perturbés par la venue de ces jeunes et malgré tout bien-aimés visiteurs.

— Venez, asseyez-vous !

11

— Je ne resterai pas longtemps, je suis venue voir comment vous alliez ; si vous aviez besoin de quelque chose ?

— Vous êtes gentille, je vous remercie !

— Et vos enfants qu'est-ce qu'ils vous ont racontés de beau ?

— Eh bien ! Avant de passer me voir, mon fils les a emmenés à la fête foraine. Ce qui explique qu'ils soient venus plus tard que d'habitude.

Effectivement ; lorsqu'ils entrèrent dans l'appartement précédant leur grand-père, les deux gosses avaient chacun fixé au poignet une longue ficelle, au bout de laquelle se balançaient deux gros ballons de couleur. Afin d'éviter qu'ils soient gênés dans leurs déplacements et craignant que les ballons ne viennent heurter le lustre du séjour, leur grand-père les en avait débarrassés ; accrochant les encombrantes baudruches à la poignée de la porte-fenêtre qui donnait sur le balcon.

— Vous les reprendrez en partant !

Avait-il lancé.

Madame Parat tel était son nom, avait toute sa tête. Elle se sentait pour son âge en parfaite santé. Elle était devenue adepte de mots croisés, ce qui disait-elle la tenait en forme. Dévoreuse de tas de bouquins, elle aimait surtout les romans à intrigues policières que son fils lui ramenait de la bibliothèque.

Elle avait fait dans sa jeunesse il y a bien longtemps, des études musicales. Elle avait même donné chez elle à de jeunes débutants, leurs premières leçons de piano. Ayant conservé l'instrument, il était là, dans le séjour ; servant principalement de support à trois napperons. Napperons sur lesquels étaient posés deux petits cadres renfermant de vieilles photos, et un bouquet de fleurs séchées dans un vase de porcelaine blanche et bleue.

Aujourd'hui pourtant, le piano s'était momentanément ouvert. Comme à chaque fois, la prise de l'unique tabouret et le fait d'être le seul à taper sur le clavier, avait suscité chez les enfants de nombreux tiraillements ; se terminant comme souvent par des pleurs. Leur grand-père avait dû intervenir,

12

leur interdisant l'accès au piano. Le plus grand s'était plongé dans un illustré, alors que l'autre avait déversé sur la table le contenu d'une pochette remplie de crayons feutres de différentes couleurs. Pochette qui était en réserve dans un tiroir, accompagnée de blocs et de cahiers servant à dessiner. Leur départ comme toujours s'était fait dans la précipitation. Après d'ultimes embrassades, ils avaient tous les trois disparus dans l'ascenseur. L'excitation et la contrariété aidant, tout ce petit monde était parti en oubliant leurs ballons. C'est ce que madame Parat constata en pénétrant dans le séjour. Comme toujours elle pensa que son fils manquait d'autorité ; mais elle ne lui dirait rien, par crainte de le culpabiliser.

Madame Parat aimait bien sa voisine Laurence. Elle lui racontait des tas de choses ; de sa famille, de son passé sur lequel elle revenait sans cesse. Conversations qu'elle ne pouvait avoir avec son fils qui ne l'écoutait pas et qui était toujours pressé. Avec Laurence elles parlèrent de choses et d'autres, avant que cette dernière se levant de sa chaise, décide de s'en aller.

— Madame Parat, je vois que tout va bien, je vais à présent vous quitter !

Avant de franchir la porte elle se retourna.

— Au fait, il faut que je vous rende le livre que vous m'avez prêté ; je viens de le terminer.

— Quand vous voudrez Laurence ! Cela ne presse pas.

Après avoir refermé la porte, la dame se dirigea vers son poste de télévision. Il n'était pas loin de dix-neuf heures les régionales allaient bientôt commencer. Elle aimait se tenir au courant des dernières informations.

Trois minutes ne s'étaient pas écoulées, qu'à nouveau la sonnerie de la porte retentit. Pensant que c'était Laurence qui lui rapportait son livre, elle ouvrit sans plus de précautions. Aussitôt, deux individus firent irruption dans l'appartement. L'un d'eux la poussant dans le séjour, lui intima l'ordre de s'asseoir.

— Mémé, on est venu vous faire une petite visite. Si vous ne criez pas et ne faites pas de bruit on ne vous fera aucun mal. Tout ce qu'on veut c'est de l'argent et emporter quelques bibelots. Alors asseyez-vous est restez tranquille. Tremblante elle s'assit en bout de table, tournant le dos à la porte-fenêtre.

Elle les entendit fouiller dans toutes les pièces ; tirant des meubles, renversant des tiroirs. L'un d'eux revint devant elle :

— Où sont les bijoux ? Où est l'argent ?

— Je ne possède qu'une bague et un bracelet qui se trouvent dans un coffret dans l'armoire, mon sac est dans la chambre. C'est tout ce que j'ai ! Prenez ce que vous voulez ! Et partez !

L'individu disparut à nouveau. Elle les entendit discuter entre eux.

La première frayeur passée, peu à peu elle retrouvait son calme. Ses mains étaient posées à plat sur la table. Devant elle se trouvaient plusieurs crayons de couleurs au milieu de cahiers et d'illustrés, qu'en partant les petits avaient oubliés de ranger. Au milieu de cet étalement, son œil fut attiré par un petit bloc de post-it jaune. Derrière elle, deux ballons rouges et bleus étaient immobiles.

Chez elle, Laurence pensa à madame Parat. Elle se dit : que demain vendredi étant le jour où elle faisait ses courses, elle pourrait lui téléphoner pour savoir si elle n'avait besoin de rien ? Elle fit le numéro, laissa sonner un petit moment… aucune réponse ! Elle raccrocha. Bien qu'intriguée, elle décida de rappeler plus tard. Après avoir rempli un petit arrosoir, comme chaque jour en cette saison elle sortit sur son balcon, afin d'arroser ses rosiers et nombreuses autres plantes.

Quelle ne fut pas sa surprise, lorsque montant entre deux jardinières, elle vit apparaître à l'extérieur du balcon une forme ronde et bleue, ressemblant à un ballon d'enfant. Cette forme se stabilisa à hauteur de ses géraniums. Aussitôt elle pensa aux ballons qu'elle avait vus chez sa voisine du dessous. Mais ce qui attira davantage son regard, fût ce petit carré de papier jaune collé en plein milieu de cette surface bleue. Papier, sur lequel étaient griffonnés quelques mots. Elle le saisit et put lire : « prévenez la police, deux bandits sont chez moi.

Mme Parat »

On ne sait si c'est la sonnerie prolongée du téléphone qui précipita leur départ ? Mais après avoir rempli un sac de voyage trouvé dans une penderie : de statuettes, bibelots et autres objets qu'ils pensaient être négociables, les deux malfrats ayant également fait main basse sur quelques bijoux et peu d'argent, quittèrent l'appartement.

L'heureux dénouement de cette histoire, fut l'œuvre de la vieille dame. Qui, sans quitter sa chaise et après avoir rapidement tracé quelques mots à l'aide d'un feutre pris sur la table, n'eut qu'à se retourner pour fixer le papier autocollant sur le ballon bleu. Ensuite, dans l'anneau formé à l'extrémité de la ficelle du dit ballon, elle introduisit la ficelle du ballon rouge. Tenant un ballon dans chaque main, elle se leva, fit trois pas et se retrouva sur son balcon. Toujours à l'aide du bracelet de ficelle, elle accrocha le ballon rouge à un piton posé au mur servant à l'étendage ; et desserrant les doigts, libéra le bleu. Celui-ci coulissa le long de la ficelle du premier jusqu'à être bloqué en bout de course. Ceci eut pour effet de doubler en hauteur la portée des deux ballons mis bout à bout. Cela n'avait duré que quelques secondes. Rapidement elle se rassit, en pensant qu'il était l'heure où comme chaque jour Laurence arrosait ses plantations et que la hauteur du second ballon serait suffisante pour que sa voisine l'aperçoive.

Les deux voyous ne surent jamais qui avait bien pu avertir la police, qui les arrêta au bas de l'immeuble.

Quant aux petits-enfants, ils eurent plus tard la même et secrète pensée ; que si leur arrière et courageuse grand-mère avait pu se sortir de ce mauvais pas, c'était aussi un peu grâce à eux et à leurs ballons oubliés.

Les papillons blancs

La rue principale de la petite ville était noire de monde. C'était une rue commerçante et nous étions veille de fête. Dans les magasins et boutiques la foule se pressait afin de réaliser leurs derniers achats. En fin de journée, la température avait encore chuté. Il suffirait d'un léger redoux pour que la neige fasse son apparition. Dans une encoignure d'immeuble, un pauvre hère était assis ; un grand manteau couvrait ses jambes et ses épaules. Son visage disparaissait sous une espèce de couvre-chef, qui en partie le protégeait des morsures du vent. A ses côtés afin de récupérer un peu de chaleur, un petit chien tremblant se serrait contre lui. Des gens passaient ; pressés, emmitouflés dans leurs chauds et confortables habits. Ils portaient de nombreux sacs desquels dépassaient des paquets joliment enrubannés. Dans sa jeunesse, lui aussi avait connu ces soirées de liesses et de rassemblements où chacun exulte transporté par ces joies éphémères. Sûr ! Dans un autre temps, l'avenir lui avait souri. Elégamment vêtu, il avait comme beaucoup participé à ces réjouissances de fin d'année où de nombreux vœux sont échangés. Vœux de réussite, de prospérité, de bonheur…Foutaise ! L'existence ne se plie à aucun argument de ce genre. C'est elle qui décide, qui exige, qui impose à chacun de nous sa loi ; et nul ne peut savoir ce que l'avenir lui réserve. Sa vie, serait trop longue à raconter. Il n'en voulait surtout à personne. Sa déchéance il l'assumait et n'avait aucun ressentiment à cet égard. C'était sa vie, la seule chose qui encore lui appartenait et dont il disposait à sa guise. Ayant fait il y a longtemps un important séjour dans la légion étrangère, il en avait gardé cet esprit pragmatique et indépendant. Pas de famille, pas d'attache ; il ne portait tors à personne et c'était bien ainsi ! Ses seuls ennemis véritables étaient : Son âge, et actuellement le froid. Car il savait bien que ce serait eux qui l'emporteraient. Jusqu'à ces derniers jours il avait lutté, il avait même participé à l'animation de la rue. Muni de son violon sorti d'un vieil étui, il jouait des airs qu'il répétait sans cesse. A ses pieds son petit chien tenant dans sa gueule une sébile, recevait quelques pièces de monnaie. Cela suffisait pour ne pas disparaître. Ils avaient leur admirateur. Enfin, une vieille dame qui chaque fois qu'elle passait, s'arrêtait pour caresser le petit animal. Elle avait dit à son maître habiter la même rue, juste en face, et qu'elle aimerait bien avoir un petit chien lui ressemblant. Et puis, voilà deux jours en regagnant son squat, trois petits voyous lui avaient dérobé son instrument. Ne voulant pas lâcher l'étui qui renfermait son violon, ils le lui avaient arraché le projetant à terre. En tombant, sa tête avait violemment heurté le trottoir où il était resté quelques minutes inanimé. Se relevant difficilement, il ne put que constater le vol de son véritable et indispensable ami. Le coup fut terrible. Cela faisait des années qu'ils étaient ensemble ; lui et son violon ils ne se séparaient jamais. Entre eux un dialogue s'était même installé, fait de mots et de notes. Désorienté ne sachant plus où aller, il prit son petit chien dans ses bras et chercha un coin pour dormir.

Ce matin transi de froid, sa tête le faisant terriblement souffrir, il chercha dans les poubelles pitance pour le seul ami qui désormais lui restait. Pour sa part, manger n'avait pas grande importance. La faim faisait partie de lui comme son chapeau et son vieux pardessus. Mais la perte de son violon le tenaillait, lui arrachait le cœur ; il y tenait autant qu'à sa propre vie. Sans savoir pourquoi ses pas le menèrent dans cette rue où il jouait souvent. Il se retrouva à la même place qu'il occupait quelques jours auparavant. La nuit précédente avait été froide et les douleurs dans son crâne l'avaient tenu longtemps éveillé. Ses jambes ne le portant plus, soudain sa vision se troubla. Il s'assit dans un coin formé par deux immeubles, en retrait des vitrines pleines de cadeaux. Nous étions en milieu d'après-midi et la température avait encore baissé. Il ferma les yeux. Quand il émergea de son sommeil, les devantures des magasins étaient éclairées. Les néons de leurs enseignes, accompagnés de petites ampoules de toutes les couleurs, jetaient dans la nuit des lumières de fêtes. Rapidement, des gens passaient devant lui sans le voir. Ils se hâtaient vers leur nouvelle année ! Il n'avait plus envie de se battre, de résister, d'exister ! Il ouvrit son manteau pour protéger son petit ami qui se blottit contre lui. Il fit cela en pensant à la vieille dame qui certainement le récupérerait. Il ne sentait plus le froid qui engourdissait ses membres ; et c'est les yeux plein de lumières qu'il se laissa doucement aller. Mais avant de s'endormir, il lui sembla voir voleter autour de lui, une multitude de petits papillons blancs.

20

Les oeufs de Pâques

Les cloches sonnent à la volée ! Sur la place de l'église, des petits groupes de gens endimanchés se sont formés. De nombreux fidèles sortis de la grande messe discutent entre eux, essaimant à la cantonade les dernières nouvelles. Sur les marches de l'escalier menant à la mairie, Léon est assis ! Il regarde tout ce beau monde et apprécie les toilettes des jeunes filles. Leurs jolies robes blanches attestant l'arrivée du printemps le mettent de bonne humeur. Portant les jours de fête comme en semaine la même tenue bleue délavée et sur la tête son éternelle casquette grise, au milieu de tous ces gens bien mis, il dépareille. Il est employé par la mairie, chargé entre autre d'entretenir tous les petits chemins entourant le village. On le voit à longueur de temps : couper, tailler, débroussailler, remonter des murets que la mauvaise saison a plus ou moins défait. Il est aidé dans ses travaux par le petit Jean, dit : « Jean pétard ». On peut les voir en tous lieux des terres environnantes, parcourir les chemins. L'un marchant devant, l'autre derrière portant les outils ou poussant une brouette chargée de détritus. Ils ne s'adressent jamais la parole. Conscients des tâches que suscitent leur emploi, chacun d'eux sait ce qu'il a à faire. De « Jean pétard », certaines personnes du village disent même qu'il est muet. Il est vrai qu'il peut rester plusieurs jours sans dire le moindre mot ; se contentant de rire à l'appel de son nom. Etant le pur produit de mariages consanguins, il est reconnu dans le pays comme faible d'esprit et complètement immature. D'ailleurs, ses meilleurs amis sont les enfants du village. Eux au moins l'aiment bien ; puisque les jours de fête ils l'affublent de guirlandes et rient avec lui de ses burlesques facéties. Il a pour seule famille une vieille tante, avec laquelle il habite dans une petite maison en bordure de route. Elle l'a recueilli à la mort de ses parents. Aussi longtemps qu'elle le pourra elle s'occupera de lui. Ca n'est pas le mauvais bougre, toujours prêt à rendre service ; il a gardé cette âme d'enfant qui le fait parfois s'évader, et son esprit alors s'envole vers des horizons inconnus.

Ce sobriquet de « Jean pétard », lui fut donné à la suite d'un événement qui bouleversa la quiétude et les habitudes d'une bonne partie du village. Cela se passa il y a fort longtemps, alors qu'il n'était encore qu'adolescent. C'était comme aujourd'hui un dimanche de Pâques !

Dans le haut du village, sur le plan, là où les jours de fête se déroulait le bal, le grand café ne désemplissait pas. En cette fin de matinée, les clients se pressaient dans l'établissement. Alors qu'après la messe les femmes rentraient précipitamment afin de dresser la table pour le repas Pascal, les hommes eux, pas toujours sortis de l'église mais remontant plutôt du terrain de boules, s'accoudaient au comptoir, alimentant les conversations de ceux qui les précédaient. Cela à grand renfort de tournées d'apéritifs et de demis de bière. Au fur et à mesure que le temps passait et que se vidaient les verres, le niveau des décibels augmentait, pour finir en un immense brouhaha. Dans la grande salle, des tables rectangulaires aux pieds forgés et plateaux de marbre, accueillaient une clientèle souvent de passage, où l'on pouvait voir des dames bien mises élégamment chapeautées ; restes d'une matinée de Pâques religieuses. Parmi tout ce bruit et ces manifestations, contre un des murs face au comptoir, trônait imperturbables un quatuor d'habitués, paraissant ignorer les heures et les saisons. Toujours les mêmes : l'un fumant la pipe, un autre ébouriffé tirant sur un mégot ; accompagnés du boucher endimanché et du garde champêtre avec sur la tête son inséparable képi. Certaines mauvaises langues allant jusqu'à dire qu'il ne s'en séparait jamais, même pour dormir. Tout ce petit monde insensible au bruit, indifférant à l'affluence ; paraissant être au-delà des gens, des événements, du temps qui les entoure.

Ils sont quatre assis autour d'un vieux tapis ; des cartes dans les mains, devant eux des jetons. Rien ne peut les toucher, les distraire, les émouvoir. Ils jouent !... Ils font partie des meubles, du décor du café. Pourtant, dans cette faune où chacun est à sa place, est venu se glisser en ce jour de Pâques un élément provocateur, dérangeant, inattendu. Dans le parc du village les enfants sont réunis. On a caché dans les fourrés, les plates-bandes, aux pieds des arbres, des œufs en chocolat qu'ils doivent retrouver. Jean, les observe. Il voudrait bien lui aussi participer à ce jeu ! Mais vu sa grande taille par rapport aux autres, on l'évince. Il insiste ? On le rabroue. Alors il s'éloigne ; bougon mais pas méchant, juste contrarié. Il sait où en trouver des œufs ! Et plus gros que les leurs !

La fumée et les vapeurs d'alcool emplissent le grand café. Les clients sont toujours là mais le ton a baissé. Quelques-uns sont parti : les sérieux, les hommes mariés ; ceux dont les femmes attendent le retour, pour mettre au four le soufflé, où cuit déjà le gigot. Ceux qui sont restés, sont les célibataires ou les tristes maris. Les discours ont fait place à des rires incongrus. Des buveurs du comptoir ? Certain se sont assis. D'autres vacillent un peu, mais resteront debout. Les joueurs de belote ont repris de la voix « Atout et dix de der !».On entend leurs annonces ! Au comptoir, les verres pour la plupart restent à présent remplis. Les combattants s'épuisent, mais ils résisteront. A être le dernier dans ce combat de braves, on gagne des surnoms : « Cirrhose !... Boit sans soif !». Soudain, dans l'encadrement de la porte d'entrée, Jean apparaît...Jean !...Le fada ! Celui avec qui on plaisante, et qui ne reçoit que des quolibets. Les clients ne lui prêtent aucune attention. Jusqu'au moment où, estomaqués, pour la première fois ils l'entendent s'exprimer. Son visage illuminé par un large sourire, il lance à l'assemblée :

— Moi aussi j'ai trouvé des œufs de Pâques ! Vous les voulez ?... En voilà deux !

Et devant un public éberlué, il sort des grandes poches de sa veste, deux objets quadrillés ressemblant à de gros œufs ; mais n'ayant pas tout à fait la même utilité. Les lançant avec force au niveau du sol, l'un se dirige vers le comptoir, l'autre vers la table des joueurs. Parmi les assoiffés se trouvait un ancien militaire de carrière, qui d'instinct cria :

— Attention grenade !

Aussitôt c'est le sauve qui peut général ! Une des dames à chapeaux poussant un cri se lève d'un bond, renversant son verre de diabolo menthe qui inonde sa robe et tombe sur le sol. L'écart que fait un joueur de belote, entraîne son voisin dans sa chute et avec eux disparaissent : le tapis, les jetons, et les tierces majeures. Au comptoir ? C'est la désertion ! Récupérant leurs esprits, émergeant de leurs vapeurs, certains sont même passés par-dessus le zinc, se retrouvant sur le plancher au plus près du patron ; qui, ne comprenant pas vraiment cette intrusion, était prêt à remettre la sienne. De mémoire de villageois on ne vit jamais aussi grosse panique. Heureusement, dans sa confusion, Jean, désormais « Jean pétard » n'avait pas déclenché la mise à feu de ses deux grenades. Sans quoi, s'eut été des Pâques explosives !

Le lendemain de ce remue-ménage, « Jean pétard » emmena l'adjoint au maire, l'instituteur et le garde champêtre, en pleine garrigue. En un lieu caché qu'il connaissait bien, au milieu des herbes et des ronces où parfois il posait des collets, il déterra entièrement une longue caisse de bois vermoulu ; qui une fois ouverte révéla tout un arsenal datant de la dernière guerre.

Depuis ce temps mémorable, le petit Jean est devenu « Jean pétard ». Aux étrangers de passage on raconte son histoire. Quant à lui… il parcourt toujours les chemins de campagne. Et qui sait ? Peut-être qu'il lui arrive de temps en temps, dans sa brouette au milieu de détritus, de transporter un trésor.

24

Une étrange signature

Il emprunta la ruelle qui montait fortement. Au bout de celle-ci, le lieu choisi était le plus haut du village. Il installa son chevalet !

Ayant laissé sa voiture sur la place de l'église, pour arriver jusqu'ici il ne s'était muni que d'un cadre en bois, dans lequel était inséré un support en contreplaqué recouvert d'une unique feuille de papier aquarelle. Feuille sur laquelle il avait préalablement dessiné au crayon, les lignes principales de son futur tableau. Il était venu en fin de matinée repérer le meilleur emplacement, afin de réaliser son esquisse. Puis, après être allé déjeuner dans un petit restaurant en bord de route, il avait patiemment attendu l'heure qui lui convenait, pour réaliser son œuvre.

Complétant son attirail qu'il n'avait pas ce matin, il portait à la ceinture une gourde qu'il avait en passant devant la fontaine rempli d'eau claire. Gourde, servant à alimenter deux godets enfermés dans la boîte de peinture intégrée au chevalet. Il avait aussi dans un étui des jumelles, qui le quittaient rarement quand il partait peindre en extérieur. Elles lui étaient fort utiles afin d'admirer certain points du paysage, durant les moments de pauses qu'il s'accordait entre deux tableaux.

Au loin face à lui se dressait le Garlaban. En contrebas se penchant un peu, il pouvait apercevoir partiellement envahi par la garrigue, un bâtiment en partie démoli qui aurait pu être une ancienne bergerie. Un chemin de terre montant jusqu'à la route qui passait en face sur l'autre versant, semblait en être l'unique accès.

L'après-midi touchait à sa fin. Il lui faudrait faire vite s'il voulait encore profiter de ces derniers instants de lumière. D'une main sûre, en partant du haut de son cadre il coucha horizontalement sur la feuille un lavis céruléen, qu'il prolongea d'ocres et de terre de sienne. Son pinceau chargé d'eau et de pigment, courait sur toute la largeur du papier. Cette heure du jour adoucissait les formes et les couleurs ; et c'était bien là le but recherché ! Mais il lui fallait travailler rapidement, avant que le peu de soleil de ses rayons rasants, ne vienne trop assombrir l'horizon teinté de mauves et de gris qui s'offrait à sa vue. Il devait bien avoir encore une heure devant lui, avant que le paysage ne se transforme et que les couleurs qu'il voulait reproduire peu à peu disparaissent.

Le village semblait désert ! Depuis son arrivée, il n'avait rencontré âme qui vive ! Il est vrai qu'on était en fin de saison et que bon nombre de ses vieilles demeures avaient fermé portes et volets jusqu'aux prochaines vacances. Le tableau devant lui était presque terminé. Contrastant avec les tons chauds du premier plan, les couleurs froides formées de gris légèrement bleuté, faisaient s'éloigner le Garlaban. Il était assez content du résultat ! Il ne lui restait plus qu'à représenter les rares arbres et buissons qui en face couraient le long de la route. Il chargea son pinceau de vert émeraude et s'apprêtait à réaliser ces dernières petites touches ; lorsque levant les yeux, il aperçut une voiture quitter la route et s'engager sur le chemin qui menait à ce qu'il pensait être une bergerie. Gardant le pinceau levé, il la suivit des yeux. Arrivé à la hauteur des ruines elle s'arrêta. Faisant marche arrière mais gênée par les buissons, elle stoppa à quelques mètres d'un mur bas et délabré. Sortis de la voiture deux hommes s'approchèrent de l'arrière du véhicule. De l'endroit où il se trouvait surplombant la scène, il ne pouvait être vu. Ils se mirent à deux pour extraire du coffre un paquet enveloppé d'une couverture. Du haut de son observatoire il se refusait à imaginer la suite. Il sortit pourtant les jumelles de leur étui et les pointa dans la direction de ce qu'il craignait de voir.

Pour transporter leur paquet plus aisément les deux hommes l'avaient déposé sur le sol. Le souffle coupé les battements de son cœur s'accélérant, il put voir dépassant de la couverture le bas des jambes d'un corps apparemment sans vie. L'un des hommes saisissant les pieds, l'autre les épaules, ils basculèrent leur macabre fardeau de l'autre côté du mur. Celui-ci tomba dans une sorte de puits peu profond, remblayé en partie par de nombreux gravats et déblais de toutes sortes. Les deux individus à l'aide de grosses pierres finirent par combler le trou, ensevelissant le cadavre. Les jumelles rivées aux yeux, il suivit la voiture qui remonta le chemin jusqu'à la route et disparut dans un virage.

Prenant son cadre sous le bras et repliant rapidement son chevalet, tantôt marchant tantôt courant, il dévala la ruelle jusqu'à sa voiture. En roulant, il avait constamment en tête la vision d'un corps à moitié enseveli.

Il savait que sur son parcours, il l'avait vu ce matin, un peu à l'écart de la route se trouvait un fronton sur lequel était inscrit : « GENDARMERIE » Il roula aussi vite qu'il le put et rangea sa voiture sur le bas-côté. Au gradé qui le reçut dans son bureau il raconta ce qu'il avait vu ; donnant tous les détails restés gravés dans sa mémoire.

A la question qui lui fût posée :

— Avez-vous d'autres précisions à fournir, d'autres preuves à apporter afin d'étayer vos dires ?

Il déposa sur le bureau un cadre de bois dans lequel on put voir dans l'angle supérieur gauche d'un paysage, une étrange signature !

Sur fond de ciel bleu, tracée en vert émeraude une suite de chiffres et de lettres maladroitement alignés ; ressemblant fort à ceux d'une plaque minéralogique.

Cette aquarelle bien sûr ne vît jamais le jour. Mais son auteur se consola en pensant : qu'elle avait malgré tout contribuée à l'arrestation et la condamnation de deux affreux personnages.

« Ciné cinquante »

Volets fermés, les murs des maisons que la lune éclaire composent le décor quand on sort du café. La basse température surprend soudain ; elle hausse les épaules, arrondissant le dos des clients libérés. Les mains dans les poches, chacun d'eux fuit alors vers des lieux différents. Des mots brefs échangés s'élèvent dans la nuit. Dans les rues désertes, on parle en marchant et le pas est rapide. « Demain il va neiger ! Le fond de l'air est vif !» Le froid à nos paroles met des haleines blanches.

Comme chaque semaine, le café du village devient le lieu où l'on tend une toile, sur laquelle on projette un film un peu vieillot. Depuis ce matin une affiche collée sur la vitre de la porte d'entrée annonce le programme. Nous sommes dans les années cinquante. La télévision n'a pas encore envahi le calme des foyers, et cette séance de cinéma est la seule distraction attendue. La projection débute à 21h30. Peu à peu la salle se remplie. Dès qu'on pousse la porte, on se trouve face à une table derrière laquelle une personne est assise. Devant elle faisant fonction de caisse, est posée une boite en métal. Après avoir franchi cet obligé passage on s'installe. L'assistance est plutôt masculine. Certains arrivés tôt occuperont les chaises. D'autres préfèrent la banquette qui court le long du mur. Chacun pour bien voir cherche le meilleur angle. L'espace est assez vaste. L'écran est suspendu au-dessus du vieux billard, dont le tapis porte les marques d'impétueux et maladroits joueurs. Les gens se groupent entre lui et le comptoir adossé au mur de la cuisine. Mur dans lequel deux trous de forme carré ont été percés. C'est de l'un d'eux que jaillira le faisceau lumineux transporteur d'images. « Tout le monde est installé ?… La séance peut commencer.»

Pathé Gaumont actualité débute le programme. Le coq qui bat des ailes amuse les enfants. Des... chut !... fusent alors, venus de l'assistance. Le moment est sérieux, le journal de la semaine passe sur l'écran. Et puis c'est le grand film. Des retardataires soulèvent le rideau de la porte d'entrée qui masque la lumière venue de l'extérieur. Cela sous les protestations des clients installés qui crient et invectivent. Enfin tout rentre dans l'ordre. Le générique est là ; complète est l'attention. Seule la fumée bleue de quelques cigarettes, traverse le halo qui passe sur les têtes. Puis survient l'entracte ! Il permet au machiniste de changer de bobine, et donne au cafetier l'occasion de faire quelque recette. Mais les consommateurs sont rares, on n'est pas là pour ça. Des conversations reprennent des histoires de chasse à peine ébauchées. Ce qui nous intéresse c'est la suite du film. Le noir revient enfin, à nouveau on se tait. La soirée terminée les lumières s'allument. Sur les genoux des femmes, des gosses endormis dérangés dans leurs rêves s'éveillent et grognent un peu. On déplace des tables, des chaises sont écartées. Les spectateurs s'en vont et quittent le café.

Le film est oublié ! Chacun rentre chez soi ! Dans la rue on se presse. La tête levée vers les étoiles, la lune nous observe elle guide nos pas. Quand soudain on s'arrête, et contre le vieux mur on pisse de concert. Puis on se dit Bonsoir ! Et pour retrouver la maison où tout dort et repose, on pousse le portail qui n'est jamais fermé.

Inutile témoin

Coiffé d'un bonnet, il est vêtu d'un pantalon noir et d'un paletot bleu. En partie dissimulé par la haie de lauriers fraîchement taillés, il semble surveiller la maison. Il est arrivé en voiture ce matin même ; pour combien de temps ? Cela peut être long ! De l'autre côté de l'allée tout près du bassin, se trouve un identique acolyte. Sur la terrasse devant le perron deux enfants jouent.

À quelques mètres de lui au milieu de la pelouse, un grand saule n'en finit plus de pleurer. Sur une de ses branches, rassuré par l'immobilité de tout ce qui l'entoure un oiseau s'est posé. Il lance quelques trilles, puis s'envole. Le temps passe, rien ne bouge. Les enfants ont quittés leur aire de jeux. Le silence s'installe. Le regard toujours fixé sur la maison, il semble faire corps avec la terre, prendre racines. Peu à peu des ombres l'enveloppent, la nuit s'installe. À présent éteintes au premier étage, au rez-de-chaussée des lumières se sont éclairées. Derrière les rideaux à plusieurs reprises passe une silhouette.

Par la grille du parc restée grandement ouverte, une voiture pénètre dans l'allée. Elle roule lentement et s'arrête devant lui. Placé où il est, de l'homme qui en descend il ne voit que le bas du pantalon à hauteur des genoux. Celui-ci est gris ; il porte des chaussures en daim. D'un pas vif l'homme s'éloigne. Au fur et à mesure que son champ de vision s'approfondit il en découvre la stature. A présent il le voit en entier avant qu'il ne disparaisse derrière le bassin.

Venant de la maison il lui semble entendre des éclats de voix. Soudain, l'applique extérieure donnant sur la terrasse s'allume. Une femme sort, elle fait quelques pas ; elle paraît nerveuse. Appuyée à la balustrade, elle tire plusieurs bouffées de la cigarette qu'elle tient entre les doigts. Derrière elle dans l'encadrement de la porte fenêtre, une forme se découpe ; c'est celle d'un homme. Il sort à son tour et marche vers la femme qui lui tourne le dos. Il tient quelque chose dans la main droite. Quelque chose d'effilé semblable à une lame qui brille un instant sous la lumière.

De l'endroit où il se trouve il va crier, il va l'avertir du danger ; mais rien ! Aucun son ne sort de sa bouche à peine entrouverte. Et c'est les yeux fixes, écarquillés, qu'il assiste au drame. Frappé dans le dos, le corps de la femme bascule en avant et au-delà de la rambarde tombe lourdement sur la pelouse. L'homme reste un moment sans bouger. Puis, il tourne les talons et s'enfuit. Un court instant se passe avant qu'il n'entende sur le gravier des pas précipités. Passant près du bassin, l'individu se débarrasse d'un objet qu'il jette dans l'eau. Il monte dans la voiture et c'est en marche arrière qu'il redescend l'allée. Il passe le portail et est aussitôt absorbé par la nuit.

Aucun bruit, le silence est revenu ; lourd, envahissant. Allongé au pied de la terrasse il a reconnu le corps de sa maîtresse. Accompagnée de deux petits garçons et sur leur insistance, c'est bien elle qui ce matin les a choisis ? Lui et son compère, dans la jardinerie d'un hypermarché.

Voilà ! Ce que peut être parfois l'insoutenable existence : d'un voyeur, silencieux et inutile nain de jardin.

Et le temps a passé

Depuis ce matin une pluie fine et intermittente tombe sur la ville. Un léger vent s'est levé. Dans le petit port la mer anime les barques d'un mouvement ondulatoire et régulier. Les bateaux amarrés font entendre le cliquetis de leurs filins contre leurs mâts métalliques. Là où un mois auparavant s'ébattaient de jeunes baigneurs, la jetée déserte est abandonnée au ressac des vagues. Nous sommes fin septembre et l'automne s'est installé. Après avoir garé sa voiture sur le parking à moitié vide, Jacques, les mains dans les poches de son blouson traverse la chaussée. De l'autre côté, sur le trottoir bordé d'un parapet qui surplombe la plage, il s'arrête. Issues de sa mémoire, provenant d'un lointain passé, des images surgissent.

Il retrouve ces lieux où pour la première fois il rencontra Léa. Il revoit sur le quai ce bal improvisé où il osa l'inviter. Il l'avait remarqué dans un petit groupe de filles de son âge ; appuyée contre la balustrade, ses longs cheveux noirs tombant sur ses brunes épaules dénudées. Il ne voyait qu'elle, il n'entendait que son rire qui venait rythmer les battements de son cœur. Son rire, qui découvrait la blancheur de ses dents contrastant avec le hale de son visage. Comme dans un rêve il s'approcha. « Si le coup de foudre existe, tous deux en furent frappés. » Elle lui fit face ; aussitôt son rire disparu son visage devint un instant sérieux. Il put voir dans le noir de ses yeux briller toutes les lumières du bal. Lorsqu'il l'invita elle ne répondit pas et s'approcha de la piste. Pour eux, l'orchestre attaquait une série de slows. Les jours qui suivirent leur rencontre, furent les plus beaux de sa vie. Elle avait quinze ans, il en avait seize ; à part eux, plus rien au monde n'existait. Cet été leur appartenait ; jamais ils ne l'oublieraient ! Elle était venue chez sa grand-mère passer un long séjour. Lorsque le dernier soir avec ses parents elle prit le train en direction de Nice, Jacques se trouvait sur le quai de la gare. Quand le convoi disparut au bout de la voie, il eut l'impression que son cœur restait accroché au dernier wagon.

Le lendemain, Jacques et ses parents quittèrent le camping. La caravane prit l'autoroute ; direction Paris ! Avant de se quitter, avec Léa bien sûr ils échangèrent leurs adresses, leurs numéros de téléphones ; se promettant de s'appeler à la moindre occasion. De retour à Paris, après plusieurs essais infructueux tombant chaque fois sur une voix inconnue, Jacques comprit qu'il devait se résigner et considérer désormais sa rencontre avec Léa comme un amour de vacances. Un amour de vacances si fort, qu'il ne pourrait jamais l'oublier.

Cela se passait dans les années soixante-dix, il y a trente-cinq ans ! Depuis, la vie reprit ses droits, ses exigences. L'un et l'autre furent emportés dans un tourbillon d'événements divers. Les études, le travail, la famille, ils subirent comme chacun les caprices du temps. Jacques s'éprit d'une jeune étudiante et finit par l'épouser. Ensemble ils eurent une fille qui à son tour convola en juste noce. La vie s'écoula sans trop de soubresaut avec son lot de joies et aussi d'imprévus...

Il devait y avoir plus de quinze ans. Avec son épouse un jour où ils roulaient en direction de l'Espagne, ils firent une halte sur une aire d'autoroute. Après s'être rafraîchi et avoir pris quelques repos, ils s'apprêtaient à repartir. Il allait remonter dans sa voiture, lorsque derrière lui il entendit une voix de femme appeler.

— Jacques !

Surpris il se retourna.

— Jacques ! Viens ici !

Sorti d'une voiture, un enfant courait sur le terre-plein poursuivi par une jeune femme brune. L'ayant rattrapé, elle le souleva et le ramena. Passant devant lui l'enfant dans ses bras, il lui sembla qu'elle le dévisageait. Durant un court instant elle eut même une hésitation. Puis, après avoir installé l'enfant à l'arrière de la voiture, elle se mit au volant et démarra. A cet instant, il ressentit en lui une drôle d'impression, un sentiment bizarre fait de joie et de doute. Arrivée à sa hauteur, sans s'arrêter elle ralentit. La vitre avant baissée, il l'entendit prononcer ces mots :

— Vous ne seriez pas Jacques ?

Il lui répondit par l'affirmative.

Aussitôt le visage de la femme s'éclaira d'un large sourire.

— Je suis Léa ! Vous vous souvenez ?

Derrière elle des automobilistes s'impatientaient. Lui faisant un petit signe de la main elle accéléra et la voiture s'engagea sur l'autoroute.

S'il se souvenait ? Un flot d'images l'envahit. Lorsqu'il s'assit au volant, sa femme auprès de lui remarqua son trouble et ne dit rien.

Ce fut l'unique fois où il revit Léa ! Une coïncidence, un clin d'œil du destin ?

Aujourd'hui c'est la première fois qu'il revient dans ce petit port. Il cst juste de passage. La plage paraît plus petite. Sur les terrasses des cafés le long de l'avenue, sous des auvents les fauteuils sont empilés ; ils resteront ainsi jusqu'aux prochains beaux jours. A présent la saison est bel et bien terminée. Sur la place devant le casino, quelques jeunes en motocyclettes se rassemblent encore ; mais le cœur n'y est plus. Ils se racontent déjà leurs amours de vacances ; leur rencontre sur le port et leurs premiers baisers.

De la main Jacques remet en place une mèche de ses cheveux à présent poivre et sel. Le vent se fait plus fort. Il remonte la fermeture éclair de son blouson et à nouveau traverse la chaussée. Il se dirige vers sa voiture. A l'époque ce parking n'existait pas ! Il a pris la place de petites villas en bordure de route.

Le beau temps est fini ! La station est bien triste sous la pluie... il ne reviendra pas !

Un nouveau printemps

Délicatement, il nettoya la blessure. Il imbiba un carré de gaze d'un désinfectant et appliqua le tout sur le haut de son front. Faisant cela il pensa aux événements qui précédèrent ce fâcheux incident. La matinée s'annonçait belle. Il s'était levé comme chaque jour aux alentours de sept heures. Après avoir pris un copieux petit déjeuner, afin d'aller chercher ses journaux et faire quelques emplettes, il quitta le chalet en direction du village situé à environ quatre kilomètres. Délaissant sa voiture, il sortit pour la première fois du garage une vieille bicyclette, dont il avait la veille vérifié l'état des freins et des pneus. Avant de l'enfourcher, il noua par habitude autour de son cou un petit foulard. Puis, c'est en roue libre qu'il entama la distance qui le séparait des premières habitations. Le dénivelé de la route ne lui demandant aucun effort, il pouvait à loisir contempler les champs qui bordaient son parcours ; champs dans lesquels fleurissaient déjà d'innombrables petites fleurs. Le printemps était précoce ! La rigueur de l'hiver n'était à présent qu'un lointain souvenir ! Le soleil léger encore, ravivait les esprits mettant dans l'air des notes de gaieté. Il se sentait si bien, que de ses lèvres sortit un sifflotement qui l'accompagna tout au long du trajet. La pente s'accentuait ; prenant de la vitesse il allait entamer la dernière courbe avant la grande ligne droite. Des deux côtés de la route s'étendait une forêt de conifères. Serrés les uns contre les autres, les arbres formaient un épais rideau à travers lequel on ne pouvait voir. C'est alors qu'il attaquait le dernier virage, qu'une forme rousse sortie des futaies vint le percuter. Ses roues bloquées sous l'effet d'un freinage instinctif il passa par-dessus le guidon de son vélo. Après avoir traversé la végétation qui bordait la route, il atterrit à plusieurs mètres en contrebas. Durant sa chute de nombreux branchages écorchèrent son visage, ses avants bras ; déchirant même une partie de ses vêtements. Allongé sur le sol, il souffrait de multiples contusions mais apparemment aucune fracture ne l'empêchait de se mouvoir. Rassuré, tant bien que mal il se remit sur ses pieds, mais fut dans l'incapacité de gravir la distance qui le séparait de la route. Un amoncellement d'aiguilles de résineux et autres feuillages, avaient formé sur le sol un important humus sur lequel il était impossible de progresser. Il choisit donc pour lui la solution la plus facile ; se laisser glisser le long de la pente jusqu'à un petit ruisseau qui courait au creux du vallon. Au bord de celui-ci il s'agenouilla. Imprégnant d'eau son foulard qu'il avait dénoué, à l'aide de celui-ci il nettoya le sang qui coulait sur son visage, provoqué par une entaille au cuir chevelu qu'il s'était fait en tombant. Après avoir déposé le foulard sur une pierre derrière lui, il plongea ses deux bras dans l'eau glacée et lava ses nombreuses égratignures. Après quoi, il se releva et remonta le long du petit cours d'eau jusqu'à un chemin qui rejoignait la route. La terre meuble, humide, portait l'empreinte de chacun de ses pas.

Evitant le village en aval, afin de se rendre plus présentable il préféra rentrer chez lui afin de soigner ses plaies et changer de vêtements. Marchant au bord de la route, il longea un petit jardin dans lequel un vieil homme taillait une haie. Cessant toutes activités, sans dire un mot, son visage reflétant l'étonnement et la stupeur, l'homme le regarda passer. Il est vrai que tel qu'il était ses habits souillés de terre et de boue, son apparence pouvait susciter chez autrui quelques interrogations ! Il avait parcouru plusieurs centaines de mètres, quand il entendit derrière lui le moteur d'une voiture. Se retournant, il reconnut la vieille camionnette du paysan propriétaire de la ferme et des terres situées à un kilomètre au-dessous de son chalet. Lui-même installé dans la région depuis peu de temps, bien qu'étant voisins ils ne se fréquentaient pas. Ils leurs arrivaient cependant de se croiser sur cette route que l'un et l'autre empruntaient assidûment.

L'ayant dépassé, la voiture continua de rouler sur une bonne dizaine de mètres ; soudain, le véhicule s'arrêta. Étant arrivé à sa hauteur, le chauffeur ouvrit la portière passager en s'exclamant !...

— Qu'est-ce qui vous est arrivé ? Vous avez eu un accident ? Vous êtes blessé ? Montez ! Je vous raccompagne.

Après s'être assis sur le siège près du chauffeur, il lui narra les causes de son piteux état ; racontant dans tous ces détails sa chute de vélo. Le paysan silencieux l'écoutait, attentif, semblant enregistrer le moindre de ses mots. A la sortie du virage il lui montra l'emplacement exact où l'accident c'était produit. Ne voyant son vélo en aucun endroit de la route, il pensa qu'il avait disparu à sa suite dans le décor. Ceci n'étant pas une grosse perte, il remit au lendemain son éventuelle recherche et récupération. Arrivé devant le chalet le véhicule s'arrêta. Après avoir remercié son aimable chauffeur et voisin, il pénétra chez lui. La camionnette exécutant plusieurs manœuvres fit demi-tour. Rebroussant chemin, elle disparut dans la descente.

Il en était là dans ses pensées et s'apprêtait en voiture à aller chercher sa bicyclette perdue dans la nature. Quand, il vit à travers la baie vitrée du séjour s'arrêter devant l'entrée un fourgon de police. Sans trop d'explication il fut arrêté et conduit dans le cabinet d'un juge de la ville la plus proche. Là, on lui apprit qu'un double meurtre avait été perpétré dans le vallon sur un couple de campeurs, aux abords d'une petite rivière. Il donna évidemment son emploi du temps concernant la matinée durant laquelle ces meurtres avaient été commis, et raconta tout ce qui lui était arrivé depuis son accident à vélo. Vélo, qui d'ailleurs pour confirmer ses dires devrait être retrouvé en contrebas de la route. Le regard soupçonneux du juge le mit mal à l'aise ! Les marques de coups qu'il portait sur le corps et la tête, pourraient être le résultat d'une rude empoignade et pourquoi pas, des preuves de défenses de deux jeunes campeurs sauvagement assassinés. Après une garde à vue il fut mis en détention provisoire, durant la réunion de compléments concernant l'enquête. Malheureusement malgré le ratissage du terrain entre la route et la rivière, on ne retrouva jamais la moindre bicyclette. Par contre, la police découvrit d'autres éléments qui ne plaidaient pas en sa faveur : des empreintes de pas près de la rivière, qui correspondaient aux chaussures qu'il portait ce jour-là ; ainsi qu'une pièce plus importante encore ! Le juge déposa devant lui un sachet, lui demandant s'il en reconnaissait le contenu. Il s'agissait d'un foulard maculé de sang séché. Aussitôt il avoua en être le propriétaire, et l'avoir oublier près de la rivière lors de son accident. Le juge déplia alors entièrement l'objet et des plis de celui-ci, apparu un large couteau à cran d'arrêt avéré comme étant l'arme du crime. Le tout avait été trouvé entre deux grosses pierres en amont du lieu du drame. Ajoutez à cela la parole des commerçants du village qui ne se rappelaient pas l'avoir vu un jour sur une bicyclette. Aucun des témoignages, pas plus celui de l'homme dans son jardin l'ayant vu passer, n'étaient en sa faveur. Mais le plus accablant et le plus surprenant pour lui, fut celui d'un paysan qui, venu au poste de police à bord d'une vieille camionnette, certifia que l'accusé lui avait fait des révélations, qui ne laissaient aucun doute sur sa participation au double meurtre. Révélations, qui provoquèrent son incarcération.

Lorsque le fourgon le ramena en prison, il pensa que le début de cette belle saison, serait pour lui une entrée dans un long… très long… et pénible hiver !

Une rencontre inattendue

Le soleil était au zénith ; la rivière coulait lentement musardant le long de ses rives. L'homme était là ! Septuagénaire, assis sur un pliant un chapeau de paille sur la tête. Il pêchait ! Il savait que lorsque le soleil déclinant atteindrait la cime des grands arbres, il serait l'heure de rentrer. Aujourd'hui était le jour où sa fille lui rendait visite. Pour rien au monde, il n'aurait voulu être en retard à ce rendez-vous !

A quelques mètres de lui, un glissement du sous-sol avait créé un important dénivelé ; où, l'eau s'étant engouffrée dans cet espace, pouvait représenter pour un éventuel promeneur un véritable danger. Surtout qu'un entrelacs de feuilles de branchages et autres végétaux, cachait en partie cette profonde excavation. Mais l'homme connaissait bien les lieux et savait depuis longtemps, de la rivière déjouer les pièges.

La route traversait un petit bocage. Après avoir quitté les dernières maisons du village elle serpentait parmi les champs et les prairies. Sur son vieux vélo, la jeune institutrice pesait de tout son poids sur les pédales ; car à cet endroit la montée se faisait plus raide. Ce qui l'ennuyait surtout, c'était de voir derrière elle son jeune chien gagner du terrain. L'ayant vu partir, l'animal qu'elle croyait avoir enfermé avait dû sauter la grille du jardin et se lancer à sa poursuite.

A l'entrée du village légèrement à l'écart de celui-ci, se trouvaient deux maisons. Une qu'elle habitait ayant appartenue à ses grands-parents, et celle de son voisin ; un homme d'un certain âge qui avait depuis deux ou trois ans perdu sa femme, et à qui elle rendait parfois de petits services. Cet homme avait une fille, qui apparemment venait que trop rarement le voir. Des liens d'amitiés entre eux s'étaient créés. Si bien qu'un jour il voulut lui faire un cadeau. Il se présenta à elle un matin, avec dans un panier une boule de poils en lui disant : « Voilà pour votre gentillesse ; il vous tiendra compagnie ! » Craignant que le refus de ce petit animal puisse vexer le vieil homme, un peu contrainte elle avait accepté le jeune chiot.

Donné au voisin par un de ses amis chasseurs, c'était devenu un très beau chien de race aux poils longs et roux. Indomptable, ce chien n'écoutait rien n'obéissait à personne ! Il ne pensait qu'à jouer. A courir dans tous les sens, il lui avait à plusieurs reprises dévasté son jardin. Il était comme ça avec tout le monde. Dès qu'il voyait le voisin, il faisait en signe de reconnaissance des bonds tellement hauts, qu'à plusieurs reprises il faillit le renverser. Il allait avoir deux ans et son état de joies exubérantes ne se calmait pas pour autant.

Le souffle court, sur son vélo elle arrivait en haut de la côte ; il était temps ! Le chien derrière elle n'était plus qu'à une dizaine de mètres. A présent c'était la descente. Prenant de la vitesse, elle pensa que l'écart grandissant et que ne la voyant plus, le chien finirait par abandonner la poursuite et rentrerait à la maison. N'étant pas méchant et la petite route peu fréquentée par les automobilistes, le chien ne pourrait en aucun cas causer à l'environnement de gros désagréments. C'est à-peu-près ce qui se passa !

La langue jusqu'à terre, voyant trop rapidement sa maîtresse s'éloigner, le chien s'arrêta. A cet endroit, la route longeait la rivière. A droite un petit chemin de terre conduisait sur ses berges.

Le soleil allait bientôt effleurer la cime des grands arbres. Le vieil homme décida de rentrer. A rester assis durant plusieurs heures, ses jambes s'étaient un peu engourdies. Et c'est au moment où il se levait avec peine, qu'il reçut en pleine poitrine une formidable poussée.

Dévalant à toute vitesse de la route, heureux de retrouver un ami, une forme tel un diable sorti de sa boite le percuta de ses pattes avant. Sous la soudaine attaque, l'homme fit deux pas en arrière ; ses jambes fléchirent, et, déséquilibré il bascula sur les branchages qui masquaient le trou béant. Il tenta bien de s'en sortir, mais les débris de végétaux qui flottaient autour de lui l'empêtraient dans ses mouvements. Des parois qui l'entouraient se détachaient des mottes de terre rendant toutes ascensions impossibles. Crier ?... Ne servirait à rien ! Il lutta quelques instants mais en vain. Malgré ses efforts, peu à peu le piège sur lui se referma.

Le chien resta un moment près du trou ; assis sur son derrière, la langue pendante. A plusieurs reprises il inclina la tête à droite, à gauche, laissant entendre de petits gémissements. Puis, comme pour reprendre un jeu qu'il venait de quitter, d'un bond sur le côté il saisit dans sa gueule le chapeau de paille resté près du bord, et tout en gambadant remonta vers la route.

... A présent il était tard ! Car depuis un long moment déjà, le soleil avait disparu derrière les grands arbres.

Un meurtre énigmatique

Dans un musée, la tentative de vol d'une œuvre exposée n'est pas improbable ! Une détérioration venue d'un esprit dérangé, passe encore ! Mais un meurtre ? Voilà qui est assez surprenant et inhabituel. Pourtant le corps est bien là, allongé sur le parquet. Près de lui une flaque de sang s'est formée ; c'est ainsi que ce matin le gardien l'a découvert. Avant l'ouverture, il fait comme chaque jour une ronde dans la galerie, afin de s'assurer que tout est en place et qu'aucun éclairage n'est défectueux. Cette forme sur le sol a aussitôt attiré son regard et fait qu'il donne l'alerte. La victime est svelte, plutôt de petite taille, entièrement vêtue de noir ; entre trente et quarante ans ! Il a les mains gantées. Une torche électrique est près de lui ; elle est restée éclairée. C'est sa faible lueur au niveau du sol qui a attiré l'attention du gardien. Il a l'accoutrement du parfait monte-en-l'air, qui semble avoir été surpris en plein forfait. D'après le médecin détaché sur les lieux, l'importante blessure qui a entraîné la mort et qu'il porte en pleine poitrine, n'a pu être faite par une arme habituellement connue. Il ne s'explique pas la force avec laquelle le coup a été porté. L'homme est étendu sur le dos, la cage thoracique à moitié enfoncée. Le trou par lequel s'est échappé le sang ne peut avoir été fait par un simple poignard ou autre objet acéré. Il faudra un examen plus approfondi pour découvrir la nature de l'arme qui a entraîné la mort.

L'enquête révéla que dans le haut de l'immeuble jouxtant le musée, un étroit vasistas avait été forcé. Et que quelqu'un s'étant introduit par ce passage, avait pu après avoir fracturé l'entrée d'un magasin mitoyen, pénétrer dans la galerie par un conduit d'aération. De toute évidence étant bien renseignée, la personne connaissait parfaitement les lieux. C'était du travail de professionnel. De là à en conclure que le mystérieux cambrioleur n'était autre que la victime ? Cela ne faisait aucun doute ! L'inspecteur chargé de l'affaire, en vint rapidement à cette conclusion. Par contre ce qu'il ne comprenait pas et avait le plus grand mal à s'expliquer, c'était la fin tragique de cet inconnu. Les seuls objets servant de pièces à convictions retrouvés auprès du cadavre, n'étaient que cette lampe torche sur le sol, ainsi qu'un robuste cutter qu'il tenait encore serré entre ses doigts. A part ça rien ! Aucun indice auquel se raccrocher et surtout, aucune arme pouvant expliquer le crime.

La nuit est belle ! La lune parait jouer, disparaissant parfois derrière de gros nuages. Sur les toits, parmi les cheminées une ombre se glisse. S'arrêtant par instants elle semble attentive au moindre petit bruit. Puis, subitement comme absorbée, la silhouette s'évanouit.

L'homme vêtu de noir est dans la galerie. Guidé par le faisceau lumineux d'une torche électrique, il marche d'un pas silencieux et sûr. Ses chaussures aux semelles de feutre glissent sur le parquet. Autour de lui de nombreux tableaux sont accrochés aux cimaises, mais il ne les voit pas. Il sait où il va et rien ne le distrait. Pas plus ces corps de femmes alanguis que ces odalisques dénudées, n'attirent son regard. Il n'a jamais failli à aucune des commandes qui lui sont faites et qu'il a acceptées. Celles-ci lui proviennent de pays différents, pour le compte de collectionneurs avides et sans scrupules, ou de richissimes fous. Là n'est pas son problème. Servant uniquement d'intermédiaire, il ne pose jamais de question. Il sait au moins, que tous ces chefs-d'œuvre ne resteront pas longtemps entre ses mains. Jusqu'à ce jour, la police a été inefficace. N'ayant jamais pu réunir contre lui des preuves suffisantes, il est toujours passé entre les mailles du filet. Dans le milieu, il est mondialement connu et recherché pour son taux important de réussites. Avec l'argent qu'il a gagné, il aurait pu depuis longtemps se retirer ; mais il sait qu'aucune sensation ne sera plus forte que celle-ci. Il travaille en solitaire. Il est conscient d'être à la pointe de son art. Se retrouver seul, dans ces endroits qui dans la journée attirent autant de monde. Evoluer dans le noir, sur ces parquets qui vous semblent réservés. Se déplacer parmi tous ces personnages qui vous observent, qui hantent le reste de vos nuits ; se sentir vivre au milieu de tous ces chefs-d'œuvre créés par la folle passion de leurs auteurs. Quoi donc de plus exaltant ? De plus valorisant ? De plus exceptionnel ? Il sait que jamais il ne pourra se passer de cette poussée aussi forte d'adrénaline. Seul un policier plus futé que lui pourra y mettre fin. Il se trouve à présent devant la merveille qu'il doit emporter. Il lui faudra au préalable à l'aide du cutter qu'il porte à la ceinture en découper minutieusement la toile. Autour de lui les autres tableaux l'assistent. Le silence est complice.

Devant lui, cette partie de la galerie a été réservé à l'exposition des œuvres d'un éminent artiste hollandais du XVII siècle. Certains de ces tableaux proviennent de musées parisiens, du muséum d'Amsterdam et de quelques collections privées. A droite de la toile qu'il doit emporter, est fixée une œuvre magistrale du peintre. D'un important format, dans un cadre imposant sont représentés de nombreux personnages. Sur fond sombre leurs visages se découpent. Occupant le premier plan, on peut voir leurs vêtements soyeux. Certains d'entre eux sont en armes. Le poli du métal de leurs armures brille sous l'effet du clair de lune qui, passant à travers la verrière qui occupe une partie du toit de la galerie, éclaire la scène. Heureusement la toile qu'il doit emporter et qui se trouve à quelques mètres, est de dimensions beaucoup plus réduites. Une fois enroulée, son transport n'occasionnera aucune difficulté.

Saisissant fermement son cutter, il s'apprêta à exécuter son œuvre. Quand, venant de sa droite il entendit comme un froissement d'étoffes. Surpris, il se retourna pour voir quelle était la source de ce bruit. C'est alors qu'en pleine poitrine il reçut un formidable choc qui, le propulsant en arrière lui fut fatal. Quand le gardien le découvrit, tout avait repris sa place ; seule l'énigme subsistait.

Quand le surnaturel et l'imagination se confondent, le fantastique n'est pas loin ! Il faut croire que la nuit, d'étranges personnages rodent dans les musées. Le réalisme y côtoie l'onirique et leur rencontre parfois engendre d'inextricables situations. Des scènes rapportées sur des supports multiples, sont si près du réel qu'on s'y croirait vraiment. Pourquoi le rêve d'un au-delà par sa forme inhérente, ne jaillirait il pas de son cadre de bois ? Tirés de leurs immobilismes par des forces occultes certains de ses personnages nous paraissant vivants, peuvent alors venant de notre imaginaire, sur nos propres destins prendre parfois le pas. Le passé, l'avenir, la limite est étrange ; obscure la passion du peintre et son sujet. Ambigus le désir, la force, le pouvoir. En plus que d'émouvoir la peinture s'anime. Trop longtemps contenue sa force se déploie. Son désir s'accentue et son pouvoir sublime, peut frapper un sujet qui ne s'y attend pas.

Le meurtre du musée ne fut jamais résolu ! Pourtant en regardant attentivement et d'un peu plus près, sur le grand tableau aux nombreux personnages à droite de l'œuvre convoitée, le visage de l'homme du premier plan vêtu de couleur claire, semble s'éclairer d'un énigmatique sourire. La lame d'une hallebarde qu'il tient dans la main gauche n'a pas son brillant habituel. Une fine pellicule brunâtre semble en ternir la pointe. Une pellicule, qui a la parfaite apparence de sang séché.

Un voyage raté

Dans la coursive moquettée ronronne un aspirateur. Suppléant le personnel de bord, la femme chargée de l'entretien sort d'une cabine dont elle vient de terminer la propreté, pour entrer dans la suivante avec la même détermination. Les lieux dont elle a la charge se trouvent à tribord. Tout en travaillant elle peut voir par les ouvertures des balcons donnant sur la mer, danser les vagues. De là, lui parviennent ces odeurs qu'elle aime tant. Durant ces chaudes journées, des bouffées de grand air chargées d'humidité lui arrivent du large. Dans les cabines grand luxe, elle se prend à rêver ; se voyant débarquer sur ces îles lointaines aux rivages enchanteurs. Mais là s'arrête son rêve. Depuis qu'elle travaille à bord elle est confinée dans ces espaces ; certes luxueux, mais assez restrictif. Elle n'aura jamais la possibilité de prendre la place de ces passagers. Partir pour une croisière restera pour elle un rêve inaccessible ! Elle ne voit jamais grand monde, si ce n'est d'autres membres du personnel qui la croisent sans lui prêter attention.

A la maison son mari malade, depuis longtemps ne travaille plus. Elle est seule à subvenir aux besoins du ménage. Le peu d'argent qu'elle ramène rend les fins de mois difficiles ; ce qui annihile le moindre petit achat qu'elle pourrait avoir, concernant ses toilettes et autres fantaisies qu'une femme aime à s'offrir. Aussi elle n'hésite pas longtemps, lorsqu'une de ses vieilles connaissances lui propose un petit travail qui peut lui rapporter de substantiels revenus. Ayant juste à remettre un paquet au gars qui l'attend hors de l'enceinte du port. Elle ne pense pas commettre là, un important délit. Les premières livraisons s'étant passées sans encombre ; ce qui l'incite à renouveler ce rapide et intéressant transfert. Ayant terminé son service, elle range tous ses produis et ustensiles de nettoyage dans le réduit prévu à cet effet.

Elle connait bien la cachette ; ce n'est pas la première fois que ses mains l'explorent. A l'aide d'une clé habilement fabriquée qu'elle sort de la poche de sa blouse, elle ouvre le battant métallique où est logée une lance d'incendie. Les bras levés elle tâtonne dans le petit espace et sent sous ses doigts une forme rectangulaire, fixée contre les parois par du ruban adhésif. Elle tire d'un coup sec pour décoller et extraire le paquet enveloppé d'un papier ciré kaki. C'est au moment où elle passe la porte donnant sur le pont extérieur qu'elle les aperçoit. Ils sont deux ! L'un accoudé au bastingage feignant de regarder la mer, l'autre cherchant à se dissimuler derrière les canots de sauvetages. Leurs présences manquant de naturel, éveille en elle un sixième sens qui lui permet de les reconnaître. Par le passé, dans sa jeunesse elle a eu à faire à leur service pour de menus larcins. Apparemment ils sont là, à l'affût du flagrant délit. Elle tourne rapidement les talons, et pont après pont descend jusqu'au niveau de la réception. Se sachant suivi, sans se retourner elle traverse le bateau dans toute sa largeur et se retrouve à bâbord. Longeant le bastingage elle voit venir vers elle un troisième personnage afin de l'appréhender. C'est alors qu'elle enjambe la rambarde et dans un geste désespéré se jette dans le vide.

Quand elle se réveille elle est dans l'impossibilité de bouger. Allongée, du bas des jambes jusqu'à la poitrine de nombreux plâtres l'immobilisent. Son bras droit également est entouré de bandages. S'approchant de son lit une infirmière lui dit qu'elle a eu de la chance de s'en tirer. Elle a dû subir plusieurs opérations afin de réduire de nombreuses fractures. Elle est arrivée à l'hôpital accompagnée de deux policiers qui se trouvent dans le couloir.

Elle se revoit sur le premier pont du navire à quai, franchir le bastingage et sauter dans le vide

Elle ressent soudain une grande lassitude. Elle a besoin de repos. Mais avant de se rendormir elle pense : Que le bateau sur lequel elle travaillait avait du lever l'ancre et qu'à son bord, ses heureux passagers allaient faire un merveilleux voyage

Graines de vengeance

C'est le début de la saison ! Le golfe scintille sous le soleil ; un bateau de croisière est venu jeter l'ancre dans ses eaux. De son bord, des chaloupes emmènent les passagers et les déversent sur le quai. Ils auront la journée pour déambuler dans les rues et faire leur plein de souvenirs. Sur le port, des marchands se sont installés attendant la venue de ces clients de passage. Derrière son étal, Marie aidée de sa fille Virginie a installé des paniers d'osier que son mari a tressés. Elle vend également des représentations de son île, dont les contours ont été sculptés dans du bois d'olivier ainsi que d'autres objets façonnés à la main. Un groupe nouvellement débarqué s'approche de son étalage. Il est composé de quatre femmes entre deux âges qu'accompagnent trois hommes. En marchant ils discutent entre eux. Leur approche est émaillée de petits rires que les femmes émettent suite à leur conversation. Ils s'arrêtent devant le banc de Marie. Les femmes s'en détachent presque aussitôt, car elles ont aperçu plus loin un marchand de foulards et de parfums qui semble mieux leur convenir. Les hommes s'attardent un peu. L'un d'eux tendant le bras, a saisi une petite sculpture qu'il élève à hauteur de son visage pour mieux en apprécier les contours. Dans ce mouvement, la manche de son veston de lin a légèrement remonté, découvrant une partie de son avant-bras bruni par le soleil. Avant-bras sur lequel est porté un tatouage. Marie, face à cet homme, ne peut détacher son regard de cet indélébile dessin. Elle sent en elle un trouble l'envahir. L'homme doit avoir la cinquantaine, la chevelure légèrement grisonnante. Il porte une chemise bleue assortie à la couleur de ses yeux. Son rire est un peu fort quand il plaisante avec ses deux compagnons. Un peu plus loin sur le quai, une des femmes s'est retournée.

— César, viens voir ! C'est plus intéressant ici.

Après avoir déposé la statuette l'homme est sur le point de partir, lorsqu'il aperçoit posée sur une caisse derrière l'étalage une très belle conque de grosseur exceptionnelle, à la nacre magnifiquement irisée. S'enquérant de son prix et sans trop marchander, il décide de l'acheter. Alors qu'il remplit un chèque, Marie sent son cœur battre de plus en plus vite, de plus en plus fort. Cet emballement n'est pas dû à la vente intéressante qu'elle vient de réaliser, mais bien à ce qu'elle a vu et entendu.

Le tatouage ! César !... Il est parfois des rencontres qui vous retournent et vous bouleversent.

Tout en lui remettant son chèque, son acheteur lui avoue avoir envie d'une soupe de poissons et lui demande de lui indiquer un bon restaurant. Aussitôt Marie lui conseille sur le port l'enseigne « Chez Antoine »

— C'est un ami ! Allez-y de ma part, vous serez bien servis.

En ce début de week-end dès dix heures du matin, la température est assez élevée. Cette année la chaleur est précoce ! Le ciel est lourd et nuageux ! D'ici la fin de la journée la pluie devrait apparaître. Sur l'autoroute la voiture roule de plus en plus lentement. A son bord Marie est assise à l'avant ; elle a douze ans ! Curieuse elle observe tout ce qui se passe autour d'elle. Son père au volant a considérablement ralenti. Assise à l'arrière sa mère trouve le temps long. Elle s'inquiète :

— Un accident ! Ou une manifestation doit certainement bloquer la circulation !

En fait, c'est à une opération escargot menée par les routiers, que l'on doit ce ralentissement. De chaque côtés de la voiture, deux autres files se sont formées et comme eux avancent au pas. A sa droite les précédant légèrement, Marie aperçoit appuyé à la portière dont la vitre a été baissée, l'avant-bras d'un conducteur. Mais ce qui attire surtout son regard c'est un tatouage que l'homme porte au-dessus du

54

poignet. Les voitures étant à présent côte à côte, Marie intriguée peut mieux voir ce qu'il représente. Il s'agit d'une rose en couleur finement dessinée, entourée de l'inscription « Pour Marie ! » Ceci ne fait qu'affûter d'avantage sa curiosité. Elle va poser une foule de questions, lorsque l'homme au tatouage s'adressant à ses parents, passe sa main sur son front en signe de chaleur et lance :

— Ça promet pour les jours à venir !

Il doit avoir environ vingt-cinq ans, près de lui une femme est assise. Le père de Marie sourit et répond par une banalité. A présent les voitures ce sont arrêtées. Le regard de Marie est toujours porté sur le tatouage et cherche en vain une signification. L'homme s'en aperçoit.

— Je crois que mon tatouage intéresse votre fille !

S'adressant à elle, en souriant il tente de lui expliquer :

— Etant dans la marine j'ai beaucoup voyagé ! Lors d'une escale à Istanbul j'ai voulu graver en moi le prénom de ma fiancée, pensant que c'était pour la vie. Malheureusement mes absences trop souvent répétées ne lui convenant pas, un beau jour elle disparut. Seul ce tatouage m'est resté ! Une erreur de jeunesse !

Marie remarque qu'il a les yeux bleus. Comme pour s'excuser son père précise que le prénom inscrit sous la rose est également celui de sa fille. Suite à cela un début de conversation s'engage entre les deux hommes. C'est ainsi qu'ils apprennent, que leur interlocuteur se rend avec sa femme retrouver des amis, pour faire la fête dans un établissement de la région ; établissement que son père paraît connaître. Après qu'il eut indiqué au couple la route à suivre, les deux voitures quittant enfin l'autoroute se séparent au premier rond-point pour rejoindre leurs différentes destinations.

Marie et ses parents roulent à présent sur une départementale. Ils se rendent dans leur maison de campagne, afin d'y passer un long week-end de Pentecôte. Dès arrivés la voiture garée dans la cour, la maison est rapidement aérée.

Les volets clos depuis leur dernier séjour, laissent à présent abondamment entrer le soleil. Marie est heureuse ! Elle retrouve la tonnelle qu'une vigne vierge a déjà commencée à envahir. Il va falloir sur la terrasse s'occuper des géraniums et autres plantes n'ayant pu résister au passage des mauvais jours. Puis, nettoyer les abords des massifs recouverts d'herbes et de feuilles sèches. Sa mère s'affaire à l'intérieur alors que son père évalue les tâches à entreprendre, afin que la maison soit plus amène pour les recevoir lors des prochaines grandes vacances. Le repas de midi rapidement pris, Marie et son père ont attaqué une partie de Scrabble. Se comprenant parfaitement, ils sont tous deux très proches et complices. Il joue avec elle, il la conseille, il lui raconte des histoires. Il est présent ! Elle aime bien sûr autant sa mère, mais ça n'est pas pareil. Elle est plus directe, peut-être plus sévère et donne rarement des explications. La véritable complicité c'est avec son père qu'elle l'a !

Se levant de sa chaise, il annonce :

— Les travaux concernant l'entretien de la maison commenceront demain matin ! Aujourd'hui, c'est jour de détente ; il faut se remettre du voyage !

Sa mère ne l'entend pas de cette oreille. Se retirant dans les chambres, elle a commencé l'inventaire des armoires.

Afin d'échapper à une éventuelle mobilisation, son père propose à Marie d'aller faire une balade à vélo ! La route est peu fréquentée ; seuls des paysans avec leur tracteur, l'empruntent pour aller aux champs. Peu d'automobilistes y circulent ; ils préfèrent la voie rapide ! En fait les seules voitures que l'on y rencontre parfois, sont celles de touristes égarés. Malgré le temps lourd et le ciel menaçant, sur leur vélo Marie et son père goûtent aux plaisirs de leur promenade. Au-delà de la route on peut voir plusieurs variétés de plantes sauvages. Marie les connaît bien ; elle sait leurs noms. Depuis son plus jeune âge son père les lui a appris ! En bordure des chemins elle reconnaît la bourrache, étalant ses fleurs bleues sur ses tiges poilues. Sur un sol rocailleux, l'épineuse carline famille de chardons avides de soleil. Et au milieu des pierres de maisons délaissées, « Lou giscle » en provençal ! Ou concombre d'âne ; dont les fruits sont semblables à de petits cornichons poilus qui une fois mûrs, aussitôt qu'on les touche projettent avec force leurs graines au loin. Et contrastant avec la haute toxicité de certaines de ces plantes telle la grande ciguë historiquement mortelle, le parfum anisé du fenouil aux multiples vertus médicinales. Marie s'amuse avec son père à toutes les citer au fil de leurs rencontres. Après trois ou quatre kilomètres craignant que la pluie ne vienne à tomber, d'un commun accord ils décident de rebrousser chemin. Il doit être aux alentours de 18 heures ! Sur son vélo, Marie suit la roue du vélo de son père qui la précède de quelques mètres. La route est plane et ne demande aucun effort. A environ cent mètres se dessine sur la gauche l'entrée d'un virage en partie caché par une haie de cyprès. Et c'est au moment où ils s'y engagent, qu'ils entendent venir rapidement vers eux le bruit d'un moteur de voiture. Son père se retourne et d'un mouvement de la main, indique à Marie de se serrer et de rouler sur le bas-côté. C'est la dernière image qu'elle aura de lui. La voiture prenant son virage trop large et en vitesse excessive, ne put éviter les deux cyclistes. Le choc fut terrible ! Tout se passa très vite.

Marie ne comprit pas aussitôt ; elle était allongée sur le talus. Sa tête surélevée lui permettait de voir autour d'elle. Sur la route une voiture était arrêtée. Un homme en était sorti. Il portait une chemisette blanche sur un pantalon sombre. Une femme à son tour était près de la voiture et semblait ne pas vouloir la quitter. Marie ferma les yeux. Elle n'avait pas mal ! Elle ne comprenait pas pourquoi elle était là et ce qui l'empêchait de bouger ! L'homme à présent était tout près ! Lorsqu'elle ouvrit les yeux, elle entendit la femme crier :

— César !... Viens, dépêche-toi ! Ne restons pas là !... Il faut partir !

Au-dessus d'elle l'homme paraissait hagard, hébété ! Ses longs bras pendaient le long de son corps et au-dessus d'un de ses poignets, Marie fixait le dessin d'une rose en couleurs finement tatouée. Puis, toutes ces images disparurent

La pluie sur son visage lui fit rouvrir les yeux. A présent elle avait froid ! La mémoire semblait lui revenir. Elle se surprit à plusieurs reprises à appeler :

— Papa !... Papa !

Aucune réponse ! Il ne pouvait l'avoir laissé là ! Seule sous la pluie ? Et la nuit qui bientôt allait venir ! Soudain elle eut peur ! Elle ne sentait plus son corps, ses jambes. Est-ce qu'elle était encore vivante ? Et son père qui ne l'entendait pas ! Pourquoi ne venait il pas à son secours ?

Rentrant des champs sur son tracteur, un paysan les découvrit. Son père faute de soins rapides, ne put survivre à ses blessures. Marie eut les deux jambes brisée, ainsi qu'une fracture du bassin. Après de longs mois d'hôpital et d'interminables séances de rééducation, elle put enfin marcher ! Mais jamais elle ne se guérit de la disparition de son père. Plus tard sa mère lui apprit qu'il aurait pu être sauvé si les secours s'étaient aussitôt organisés ; et qu'il était mort suite à une hémorragie. Mis à part le souvenir des instants heureux qu'avec son père ils passèrent ensemble, issues de cette tragédie deux choses furent gravées dans sa mémoire : Le dessin d'une rose et un prénom maudit ! « César ! »

Pour subvenir à leurs besoins sa mère dut vendre la maison. Dans leurs cœurs, avec la tristesse s'était installé un sentiment d'injustice. Marie subitement quitta l'enfance et devint adulte. Pour elle, tout ce bonheur perdu et toutes ces transformations, étaient l'œuvre d'un assassin que l'on ne put jamais appréhender et qui continua impunément à jouir de la vie. Mais durant toutes ces années qui suivirent l'accident, Marie garda en elle la vision nette et précise d'un tatouage, ainsi que le prénom de l'homme responsable de son malheur !

A vingt ans elle connut son mari natif d'une ile de méditerranée ; ile où ils s'installèrent après avoir quitté le continent. Ils eurent une fille ; Virginie, qui aujourd'hui a dix-sept ans !

Derrière son banc Marie est comme pétrifiée. Elle doit pourtant agir, il faut qu'elle sache ! L'occasion ne se présentera pas deux fois. L'homme après l'avoir payé lui laissa son volumineux et encombrant achat. Il lui demanda cependant de le garder durant son déjeuner suivi d'une promenade en ville, et qu'il le reprendrait juste avant d'embarquer. Marie accepta à une seule restriction. C'est que devant replier les tréteaux et débarrasser le quai en fin de matinée, elle lui laisserait son paquet chez son ami Antoine, à la caisse du restaurant. Il n'aurait qu'à le prendre quand bon lui semble !

A quelques mètres d'elle, se trouve sa fille Virginie qui discute avec un groupe d'amies. L'ayant appelée, elle lui demande de la remplacer et s'en va aussitôt ; car elle n'a pas une minute à perdre ! Arrivée chez elle, elle constata l'absence de son mari. « Tant mieux ! Elle n'aura pas d'explications à donner. » Faisant rapidement le tour de la maison et traversant un petit lopin de terre, elle s'approche d'un éboulis de pierres venues d'un vieux mur, contre lequel se dresse une plante sauvage aux hautes tiges vertes de la famille des ombellifères ; plante dont elle pensait ne devoir jamais s'approcher et en utiliser les graines. Graines dont elle prépara une décoction.

Il est bientôt midi ! De retour sur le quai Marie doit se dépêcher. Elle passe à son stand et précipitamment emporte trois paniers de différentes grandeurs, ainsi que la conque préalablement emballée qu'elle doit livrer chez Antoine ! Sa fille la regarde et ne comprend pas cet empressement inhabituel chez sa mère. Surtout que sans s'arrêter elle lui demande de commencer à démonter l'étalage, car elle ne sera peut-être pas là pour le faire ! Sur le port, les terrasses

des restaurants commencent à se remplir. Sur celle de
« Chez Antoine ! » Marie aperçoit un couple, dont l'homme
qui l'intéresse. Ouf ! Ils n'ont pas encore été servis.
S'approchant de leur table le sourire aux lèvres :

— Je viens déposer votre paquet à la caisse ! Vous
pourrez le prendre quand vous voudrez !

L'homme assis a retiré sa veste. Marie désignant du doigt
le tatouage qu'il porte au bras, questionne :

— Vous êtes dans la marine ? J'ai un ami qui a le
même !

Et alors les mêmes mots lui reviennent aux oreilles ; ces
mots qui sont restés gravés dans sa mémoire. Comme il y a
vingt-cinq ans les mêmes paroles s'enchaînent. Elle pourrait
même les répéter en même temps que lui !

« Ses longs voyages !...Istanbul !... Sa première fiancée!
Et cela se termine par : une erreur de jeunesse !» Ces
phrases dans sa tête depuis des années, elle les entend ! Elles
reviennent obstinément avec des images de première
rencontre sur une autoroute. Elle n'a rien oublié de
l'accident et surtout de l'abandon de son père sur le bord
d'un fossé. A présent elle n'a plus de doute ! L'homme qui
est devant elle est bien le responsable de son enfance brisée,
et surtout l'unique coupable de la mort de son père. Elle va
pouvoir enfin assouvir sa vengeance ! L'homme la remercie
de lui avoir indiqué ce restaurant. Et de surenchérir :

— J'espère que la soupe de poissons sera bonne !

En se retournant elle ne peut s'empêcher de répondre :

— Je vous la recommande ! Elle sera excellente ! Vous
n'en reviendrez pas.

Muni de ses paniers après avoir déposé la conque à la caisse
du restaurant, précipitamment Marie traverse toute la salle où les
nappes sur les tables sont mises ; mais désertée par la clientèle
qui durant ces chaudes journées préfère déjeuner en terrasse.
Elle va voir son ami Antoine, patron de l'établissement. Après
s'être embrassés, elle lui fait voir les paniers qu'elle lui apporte,
promis depuis quelques temps déjà ! Antoine en conversation au

60

téléphone, lui indique la cuisine où elle peut les déposer. Connaissant bien la maison, elle traverse celle-ci jusqu'au petit réduit où elle pose ses paniers. Faisant cela, elle ne manque pas de saluer le chef cuisinier qui est aussi de ses amis, et dont le fils sort avec sa fille Virginie. Après quelques mots échangés, auprès de lui elle s'enquit :

— La soupe de poissons commandée par un couple d'amis en terrasse, est prête ?

Aussitôt le chef d'un geste large et majestueux, soulevant le dessus d'une soupière d'où s'exhale un fumet de poissons mêlé d'arômes d'herbes et d'épices. Lance :

— Je fini de cuire le poisson pour madame ! Et la soupe de monsieur est servie !

Sur ce, il lui tourne le dos et se dirige vers le four où se termine la cuisson d'une belle daurade. Marie n'en demande pas tant.

Sitôt sa soupe terminée, l'homme est pris de malaises. Assis, la bouche grande ouverte, il cherche son souffle. Il tente de respirer mais en lui quelque chose se bloque. L'air ne semble plus alimenter ses poumons. Il essaie de se lever, mais ses jambes ne le portent plus. La femme qui l'accompagne pousse un cri et s'affole. Titubant un court instant, l'homme s'affale sur le sol. Des clients se précipitent ! D'autres réclament un docteur ! Certains donnent des diagnostics !

— C'est certainement le cœur !... Une embolie !... Rupture d'anévrisme !

En même temps qu'Antoine Marie est accourue. Tous deux se penchent sur l'homme encore conscient. Il a le regard clair, il semble comprendre ce qu'on lui dit. Marie s'approche plus près et murmure :

— Il y a vingt-cinq ans sur une petite route. Deux cyclistes accidentés. Je suis Marie !... La fille de l'homme que vous avez tué !

Le moribond ne respire presque plus. Pourtant son regard se tourne vers elle ; il a compris !

61

Marie s'éloigne d'un pas léger. Elle se promet que si quelqu'un : Antoine ! Le chef de cuisine ! Ou toutes autres personnes devaient être inquiétées par la police, aussitôt elle se dénoncerait !

A présent elle s'en retourne vers son étalage que Virginie a pratiquement fini de démonter. Sa fille la voyant arriver lui demande :

— Qu'est ce qui s'est passé chez Antoine ?

— Oh !... Pas grand-chose !... Un client qui a eu une indigestion !

Un dernier geste

— Garçon, un demi !

L'homme s'assit à une table. Il repoussa le cendrier qui était devant lui et étala son journal des courses. C'était un habitué de la brasserie. Il venait le dimanche matin et passait un long moment à faire son papier. Le serveur lui apporta son verre de bière.

— Voilà monsieur !

— Alors ? Vous avez le gagnant aujourd'hui ?

Sans lever la tête l'homme le regarda par-dessus ses lunettes et omit de lui répondre ; l'employé s'était éloigné pour s'occuper d'autres clients. Plus tard, il l'appela afin de régler sa consommation ; il plia son journal en quatre qu'il mit dans la poche de sa veste et sortit sur le boulevard. Ce même rituel se répéta durant de longs mois. Tous les dimanches matin, l'homme faisait son apparition. Tant et si bien que son demi lui était servi avant qu'il ne le demande. Il semblait apprécier cette spontanéité et à chaque fois adressait au garçon qui le lui apportait un sourire complice.

Il n'était plus très jeune. Cette année il allait vers ses quatre-vingt-huit ans. Encore solide sur ses jambes, il ne rebutait pas à faire à pied le trajet, entre le petit appartement dans lequel il logeait et la brasserie ; seul, depuis que sa femme voilà deux ans l'avait quitté, emportée par une méchante grippe. Cette sortie du dimanche était la seule distraction qu'il s'accordait ! Les autres jours de la semaine il était aidé par une voisine qui habitait l'immeuble. Elle lui faisait quelques courses, tenait son linge, lui préparait ses repas qui se résumaient le plus souvent en de simples barquettes qu'il suffisait de réchauffer. N'ayant pas de famille, devant notaire il avait fait cette personne héritière de son appartement. Le dimanche était le jour où cette brave femme allait passer la journée chez ses enfants, qui habitaient une petite localité pas très loin de la ville. La journée entière lui appartenait. Il se levait plus tôt que d'habitude, errait dans l'appartement et une fois dehors, après s'être arrêté au kiosque à journaux, il se dirigeait vers la brasserie. Le seul détour qu'il faisait ce jour-là en revenant chez lui, était un court arrêt au tabac du coin détenteur du PMU, où il jouait un simple quinté pour la course de l'après-midi, qu'il regardait à la télévision.

La brasserie était le seul lieu où il reprenait un peu d'importance. Il retrouvait son indépendance comme par le passé ; on s'intéressait parfois à lui et cela lui plaisait, le sortait de cet anonymat vers lequel il se sentait lentement glisser. Philippe, le jeune serveur avec ses facéties l'amusait, mais il n'en laissait rien paraître. Il avait pris l'habitude de cacher ses sentiments et d'afficher une certaine austérité. Pourtant au fil des jours, les dimanches passant, il s'ouvrait davantage aux remarques et plaisanteries de Philippe. A présent il l'appelait par son prénom. Ensemble ils échangeaient quelques mots au sujet des courses, des chevaux. Il l'écoutait quand celui-ci parlait de son travail, de sa petite famille qu'il avait du mal à assumer ; ses fins de mois difficiles. Insensiblement il se trouvait replongé dans la réalité des choses, tous ces petits travers du quotidien occupaient son esprit. Seul chez lui le soir il y pensait et repassait dans sa tête les événements de la journée écoulée. Puis un dimanche on ne le vit pas. Philippe fut le seul à remarquer son absence. Trois semaines passèrent sans qu'il se manifeste. Pris par son travail, le personnel de la brasserie ne parla plus de lui.

Un dimanche matin, une femme d'un certain âge entra dans l'établissement. Elle s'approcha du comptoir et demanda à voir un prénommé Philippe faisant partie du personnel. Elle lui parla du monsieur âgé qu'il n'avait plus revu. Elle lui expliqua que le lundi matin suivant le dernier dimanche de son passage à la brasserie, il sortit de chez lui pour se rendre au PMU en disant :

— Ce matin est un grand jour !

Et c'est en traversant le boulevard qu'il avait été renversé par une voiture. A l'hôpital où on l'avait transporté, elle se rendit à son chevet. Les médecins lui laissèrent peu d'espoir sur les suites de son état. Il traîna ainsi quelques temps avec des moments de lucidité durant lesquels la dernière fois où elle le vit, lui permirent de lui donner une enveloppe. Enveloppe qu'il lui demanda de remettre à Philippe, serveur à la brasserie où il avait l'habitude de se rendre. Philippe un peu étonné ouvrit l'enveloppe. Sur une feuille de papier étaient griffonnés quelques mots :

« Jusqu'ici, je n'avais jamais joué le bon cheval, mais avec ma disparition vous allez toucher le gros lot !... Merci pour tout ! »

L'enveloppe ouverte, de celle-ci Philippe sortit un récépissé du PMU sur lequel était inscrit l'ordre gagnant d'un quinté. Le cheval arrivé premier était à plus de cent contre un, et les chevaux suivant affichaient une côte fort intéressante...

On parla longtemps de cet événement et du vieux monsieur habitué de la brasserie, qui avant de partir avait tenu à faire un dernier geste.

Une nuit étoilée

Durant cet été, les hôtels qui s'échelonnaient le long des plages avaient subi l'occupation de nombreux vacanciers. Nous étions dans les années soixante et cette destination du sud sur cette ile des Baléares, assurait à ses estivants le plein de réjouissances. Réjouissances faites de journées pleinement ensoleillées, suivies d'excentriques et aventureuses soirées.

Décidé à aller passer la soirée et une bonne partie de la nuit à Palma, après avoir pris une douche il s'habilla. Il enfila un pantalon de toile blanche, mit une chemise de même couleur et s'étant chaussé de mocassins, il quitta sa chambre. Il longea le long couloir recouvert de moquette et prit l'ascenseur qui le conduisit dans le hall de l'hôtel. Se dirigeant vers la réception, il remit accrochée à une étoile faite de lourd métal, sa clé au concierge, qui dans un large sourire lui lança : « Bonne soirée monsieur ! » Il traversa le bar afin d'atteindre une terrasse donnant accès à la piscine. Ensuite il passa par un second bar, qui lui surélevé, dominait l'avenue du bord de mer sur laquelle il espérait bien trouver un taxi.

C'est en traversant cette seconde salle qu'il l'aperçut. Il y avait beaucoup de monde occupé à ingurgiter des boissons et des coupes débordantes de glace. Elle était assise à l'extérieur face à la longue plage de sable fin. C'était une jolie blonde et son regard fut surtout accroché par son maillot ; un deux pièces très bien ajusté, qui avait l'originalité de représenter le drapeau des Etats-Unis. Ou du moins une infime partie de celui-ci. Ils s'étaient rencontrés la veille au bar de l'hôtel. Ils avaient échangé quelques brèves banalités sur leur séjour, avant qu'elle ne s'en aille retrouver des amis. A la table où elle était assise, face à elle se trouvait un homme qu'il ne voyait que de dos, mais dont il remarqua la longueur des cheveux et la grosse étoile bleue tatouée sur son épaule. Lorsqu'il passa devant eux la fille soutint son regard avec une anormale insistance ; comme si elle cherchait une quelconque assistance. Du moins c'est ainsi qu'il l'interpréta. Descendant les quelques marches qui le jetèrent sur l'avenue, il dut faire plusieurs dizaines de mètres avant de trouver un taxi qui voulut bien se ranger le long du trottoir. Avant de pénétrer dans celui-ci il se retourna. Il put voir la fille qu'il reconnut grâce à son maillot, en grande discussion avec son compagnon. Il la vit soudain se lever, quitter la table et rapidement disparaitre vers l'intérieur de l'établissement.

Il connaissait bien Palma ! La nuit s'annonçait chaude. Des groupes de touristes déambulaient dans les rues ou discutaient aux terrasses des cafés. Avant d'aller dîner dans un des nombreux ''Cellers'', il décida de prendre un verre au bar le ''RIKI'S'' aménagé à l'intérieur d'un vieux moulin qui dominait la rade. Accoudé au comptoir il se fit servir un ''Martini''. Devant lui en contrebas à travers la baie vitrée, il pouvait voir s'étaler le ''Paséo Maritimo''. La vue était féerique ! Sur plusieurs kilomètres semblables à des étoiles, scintillaient les lumières du front de mer où, de nombreux palmiers bordaient un alignement de grands et somptueux hôtels. Après avoir pris un second ''Martini'', il sortit du ''RIKI'S''. A pied il passa devant la boîte ''Jack el Negro'' s'ouvrant dans l'enceinte d'un autre vieux moulin qui lui servait d'authentique décor. Arrivé au bout de la rue, prenant à gauche il se dirigea vers la ''Plazza Gomilla''.

Lorsqu'il regagna son hôtel il devait être environ deux heures trente. Passablement éméché, après avoir réglé son taxi il traversa le hall de la réception. S'étant fait remettre sa clé il s'engouffra dans l'ascenseur. Adossé à la cabine il essaya de rassembler ses idées. Il se souvenait avoir rencontré un groupe d'amis fêtards, qu'il avait suivi dans leur folie nocturne. Les divers cabarets de la ville s'étant succédé. Cela avait fini de se traduire par un épouvantable mal de tête. Pour l'instant il n'avait qu'une idée ; se coucher et s'endormir au plus vite. Sorti de l'ascenseur il se dirigea vers sa chambre. C'était la dernière à droite au fond du couloir. Essayant d'introduire sa clé dans la serrure, il fût étonné de voir la porte s'ouvrir aussitôt. En partant peut être l'avait-il mal fermée ? Sans plus chercher à comprendre, une fois à l'intérieur il déposa sa clé sur le petit meuble de l'entrée. Le clair de lune entrant abondamment dans la pièce, il évita d'éclairer. Sans prendre la peine de se déshabiller, il se jeta sur son lit et s'endormit aussitôt. Il ne sut combien de temps s'était écoulé mais quelque chose le réveilla ; un bruit tout proche qu'il ne put définir. Dès qu'il ouvrit les yeux le mal de tête le reprit. Il décida de prendre deux aspirines qui comme il l'espérait, lui permettraient de se rendormir ; aspirine qui se trouvaient dans la pharmacie. Une fois debout il tituba jusqu'à la salle de bain, manquant au passage de renverser une lampe sur le guéridon qu'il rattrapa in-extrémis. Se trouvant devant la pharmacie, il actionna le bouton qui en commandait le bandeau lumineux. Aussitôt éclairée, la glace qui se trouvait devant lui renvoya derrière sa propre image un tableau hallucinant. Pour être sûr de ce qu'il voyait, il se retourna d'un bloc et dût se rendre à l'évidence. Il ne rêvait pas ! Le souffle coupé, il sentit ses jambes sous lui se dérober. Le rideau surmontant la baignoire était à moitié arraché, ne tenant plus que par trois anneaux qui avaient résistés au poids du corps. Car il s'agissait bien d'un corps allongé au fond de la baignoire, à moitié recouvert par les plis du rideau. Debout appuyé au lavabo, il put voir le manche d'un objet planté sous le sein gauche. Et à l'autre extrémité du corps que le rideau ne couvrait pas, tout en haut des jambes entièrement dénudées, un maillot ; imprimé de petites étoiles blanches sur fond rouge et bleu. C'est alors qu'il ne reconnut rien de ce qui l'entourait. Accroché au mur un peignoir de couleur rose ; sur une tablette des pots de crème et de parfums qui lui étaient

69

inconnus. Affolé, rapidement il sortit dans le couloir. La porte de la chambre claqua derrière lui. Il essaya de rassembler ses idées afin de mieux comprendre. La chambre qu'il venait de quitter n'étant pas la sienne, il ne pouvait y avoir qu'une seule explication. Il s'était trompé d'étage ; conforté en cela par les numéros qu'il voyait face à lui inscrit sur les portes : 538... 536... 534 ; il se trouvait au cinquième étage. Alors que sa propre clé portait le numéro 640. ... Sa clé ?... Elle était restée sur le petit meuble. Il fit demi-tour et se retrouva devant la porte qui cette fois était bel et bien fermée. Il sentit la panique s'emparer de lui ainsi qu'une profonde fatigue. Il éprouva la nécessité de s'adosser au mur. Incapable de se mouvoir, il aurait voulu s'évanouir, disparaître. Tout cela n'existait pas.

Il allait bientôt se réveiller, sortir d'un mauvais rêve. Il se retrouverait allongé sur un transat au bord de la piscine, caressé par les rayons du soleil. Mais rien ne se produisit ! Seuls les battements de son cœur qui cognaient dans sa poitrine le ramenèrent à la réalité. Alors qu'il était là, désemparé, il entendit l'ascenseur s'arrêter à l'étage. Un couple en sorti et se dirigea vers lui. L'ayant aperçu, en ouvrant la porte de leur chambre l'homme lui lança un timide ''bonsoir'' et disparu aussitôt. Ayant retrouvé une partie de son calme il se dirigea vers le bout du couloir. Négligeant l'ascenseur, il s'engouffra dans l'escalier. En bas le hall faiblement éclairé était désert. Seule la réception dépourvue elle aussi de toute présence, renvoyait un rectangle de lumière. Il traversa rapidement l'espace qui le séparait d'un carré plus sombre, aménagé de deux fauteuils et d'une table basse ; le tout entouré de hautes plantes vertes qui l'isolaient du reste du hall. Il s'allongea plus qu'il ne s'assit dans l'un des fauteuils. Doucement il reprit son souffle et ferma les yeux. Il avait besoin de récupérer, de réfléchir, d'analyser la situation dans laquelle il se trouvait et qui lui parut bien compromise. Dans sa tête il remit ses idées en ordre, et essaya de comprendre le fil des événements !

Comment avait-il pu se tromper d'étage ?... Une fois dans la chambre qui n'était pas la sienne, sans éclairer il s'était directement affalé sur le lit. Au moment où il était entré, l'assassin pouvait se trouver dans la salle de bain occupé à effacer ses propres empreintes. Car il se dit que le bruit qui le réveilla, aurait pu être celui de la porte d'entrée que l'homme avait refermé en sortant ; ayant dû trouver en sa propre personne inconsciente, un parfait et inopiné sujet prêt à endosser son crime. Dans quelques heures une femme de chambre allait découvrir le corps ! Après enquête, tout l'accuserait : le relevé de ses empreintes dans la chambre et la salle de bains, sa propre clé retrouvée dans l'entrée, le témoignage du couple l'ayant surpris dans le couloir. Toutes ces preuves se ligueraient contre lui pour en faire un coupable tout désigné. Un sentiment de dégoût et d'impuissance l'envahit. Il eût soudain une folle envie de respirer, de s'extraire de ce milieu où tout l'accablait. Il se remit sur ses pieds et franchît l'entrée de l'hôtel coté piscine. Dehors l'air frais lui fit du bien. Il emplit ses poumons à plusieurs reprises. Tout en expirant il releva la tête et vit tout en haut contre la blanche façade, briller les quatre étoiles de l'établissement. Nerveusement alors, il ne put s'empêcher d'esquisser un sourire.

Il avait retrouvé tous ses esprits et se sentait nettement mieux. Il fût subitement emporté par un désir profond, celui de voir la mer. Face à cet immense espace éclairé par un rayon de lune, qu'accompagnait telle une étoile la lueur d'un phare sur la jetée, il lui semblait pouvoir tout effacer reprendre des forces, se ressourcer.

Pour atteindre la plage il lui fallait traverser ce lieu, où les jours précédents il avait sur un confortable matelas longuement paressé au soleil. Et c'est en longeant le bord de la piscine que le coup arriva. Il lui fût porté à la base du crâne. Il tomba d'abord sur les genoux, puis face contre les dalles du sol ! Ce fût alors le grand trou noir.

— « En éliminant le supposé coupable, l'affaire en resterait là ! »

71

Pourtant, une sensation encore l'agita quand doucement il glissa dans la piscine. Alors que deux puissantes mains pesaient sur ses épaules un dernier sursaut le souleva et lui fit ouvrir les yeux. Il put voir alors une dernière fois dans un ciel noir, immense, briller des milliers d'étoiles.

C'est au petit-matin, du haut d'une terrasse qu'on le découvrit. Insolite forme blanche contrastant avec le bleu de la piscine ; bras et jambes écartés, semblable à une étoile posée sur l'eau.

Une histoire qui tombe à l'eau

Allongé dans un transat sur le pont arrière du bateau, à travers le bastingage il regardait se dérouler le sillage d'écume. Les morsures du soleil l'incitèrent à mettre un tee-shirt ; puis, l'exposition devenant insupportable il se leva, mit ses tongs et se dirigea vers le bar de la piscine.

— Une bière bien fraîche s'il vous plaît !

Il s'était adressé à l'employé chargé du service. Il apprécia la buée formée autour de son verre et l'épaisse mousse blanche au-dessus du liquide ambré. Dans la partie de la piscine réservée aux enfants, s'ébattaient à grand renfort de cris une flopée de gosses. Sa bière terminée il marcha sur le pont. Il vit une jeune femme blonde, ses cheveux dénoués jouant avec le vent. Agrippée au garde-corps, elle se tenait droite le regard perdu au loin. Elle était vêtue d'une robe légère, blanche, avec un large décolleté dans le dos qui mettait en valeur le cuivré de sa peau. Il l'avait vu auparavant installée sur un transat à quelques mètres du sien, et justement l'avait remarqué à cause du hâle de son corps qui avait dû nécessiter un long et minutieux bronzage. Elle lisait un magazine ; ses longs cheveux blonds retenus dans le dos par une barrette.

A présent elle était là à quelques mètres de lui ; debout, immobile, son état avait quelque chose de statuaire. Semblant épouser les éléments qui l'entouraient : le soleil, le vent, le léger tangage du bateau ; avec eux elle était en parfaite harmonie. Autour d'elle plus rien n'existait. Craignant que son approche ne la dérange, il s'arrêta à une dizaine de mètres. Il s'accouda au bastingage sans cesser cependant de l'observer. Le corps appuyé à la rambarde elle avait fermé les yeux… A quoi pensait-elle ?

Il la devinait perdue, légère, éthérée. Il aurait tant voulu lui prendre la main, s'évader, partager avec elle ses rêves, ses univers. Pourtant il savait que c'était impossible. Durant la traversée il l'avait vu à plusieurs reprises avec un homme aussi jeune qu'elle, au bar, au restaurant. Ensemble ils riaient, chahutaient, leur union semblait parfaite.

A demi-allongée un magazine à la main, elle feignait de lire. En vérité, à travers les verres de ses lunettes de soleil elle observait un homme. Six transats les séparaient. Il était appuyé sur ses coudes et regardait vers le large.

Elle avait passé quelques jours de l'autre côté de la mer, où elle avait retrouvé son frère qui habitait une petite maison qu'ils possédaient en commun. Issue de l'héritage de leurs parents, ils n'avaient pas voulu s'en séparer. Son frère y était à demeure, alors qu'elle l'occupait de temps en temps en fonction des périodes de liberté que lui laissait son travail d'esthéticienne. La maison était située en bord de mer, idéale pour un séjour ensoleillé. Sortant d'une liaison amoureuse qui s'était mal terminée, elle avait ressenti le besoin de prendre quelques jours de repos ; laissant durant son absence entre les mains de son associée et amie la bonne marche du cabinet. Son séjour terminé, son frère avait soudain décidé d'aller passer avec elle quelques jours en France. Le décès de leurs parents les avait à jamais soudés. Dès qu'ils le pouvaient, ils manifestaient le désir de se retrouver. Leurs parents avaient tragiquement disparu lors d'un accident d'avion. Cela expliquant qu'ils avaient pour l'instant banni dans leurs déplacements ce moyen de transport. Ayant fermé la maison, ils embarquèrent ensemble sur le même bateau, heureux de prolonger ces moments de complicité.

Elle en était là de ses réflexions, lorsqu'elle vit l'homme enfiler un tee-shirt et se diriger vers la piscine. Il avait une certaine allure ! Grand, élancé, les cheveux noirs de jais ; il devait approcher la quarantaine ! Un début de tempes grisonnantes ajoutait un atout à son charme ; charme auquel elle reconnut ne pas être insensible. Surtout, qu'à plusieurs reprises elle l'avait surpris en train de l'observer. Etant elle-même consciente de ses charmes, elle goûtait pleinement les avantages de cette situation. Elle ne sut pourquoi, mais la vision de cet inconnu quelque part l'interpellait. Sa seule apparition, avait déclenché en elle un léger bouleversement fait de curieuses et envahissantes pensées. Elle se leva, passa sa robe restée sur un fauteuil et s'avança en bordure du pont. Appuyée au bastingage, elle vit en aplomb le bleu profond des flots. Ressentant comme un vertige, elle s'agrippa à la rambarde. Levant les yeux, elle fixa l'horizon. La brise qui venait du large passant sur son visage, emportait ses cheveux qu'elle avait dénoués. Il lui était même arrivé parfois lorsque la nuit tombait, de deviner des parfums exotiques : de fruits, de fleurs, d'épices. Elle ferma les yeux. Pas très loin, elle sentit une présence. Serait-ce celle de l'inconnu ? Il allait l'aborder, lui parler ? Elle attendit quelques instants. Puis ne voulant pas lui donner le change, elle retourna sur son transat... Debout le dos à la mer, il la regarda reprendre sa position de sirène. Il pourrait après tout engager la conversation et qui sait ? Recueillir pour plus tard des éléments de rencontre. Les vacances se terminaient, il serait temps d'agir. Décidé, le soleil dans le dos il se dirigea vers cette sublime ondine.

Elle le vit s'approcher ; son cœur battit plus fort. Ils allaient enfin se rencontrer, se parler, se connaître. Il se trouvait à quelques mètres d'elle, un léger sourire illuminait son visage. Lorsque soudain !... Un jeune enfant se jeta contre les jambes de l'homme les bras levés vers lui. Aussitôt celui-ci s'arrêta ; il prit l'enfant sous les aisselles et le souleva. Dans le même mouvement, passant devant les transats alignés, sans un regard il traversa le pont.

Le choc fut brutal, instantané. Elle ne put s'empêcher de se retourner et de suivre l'homme des yeux. De l'autre côté une femme attendait. Grande, brune, les cheveux coupés courts, elle souriait. Une fois réunis, ils disparurent dans l'escalier qui menait au pont inférieur. Tout s'écroulait ! Une ombre venait de passer. Au-dessus du bateau elle aperçut un vol de mouettes, la côte n'était plus très loin. Elle rejeta son magazine, s'allongea dans son transat et un peu dépitée, laissa le soleil lui caresser la peau.

Trente ans après

Allongé sur son lit les yeux grands ouverts, il fixe le plafond. Sur le coin d'une commode une petite lampe est restée allumé. Sa faible clarté projette sur le mur l'ombre de l'abat-jour, ainsi que celles de divers objets aux contours déformés. Le silence est bien là ; pesant et réconfortant à la fois. Dehors il doit pleuvoir ! A travers les volets clos, parvient de temps en temps le bruit caractéristique d'une voiture passant sur un tapis gorgé d'eau, bruit que la nuit semble aussitôt absorber. Par la fenêtre entrebâillée s'infiltre une onde légère et humide qui glisse sur les carreaux et anime les plis du rideau. Dans la tête de l'homme flottent des tas d'images, des bribes de conversations, des visions oniriques et confuses. Soudain au-dessus de lui, l'ombre paraît s'épaissir. La lumière de la lampe qui peu à peu semble se consumer, revêt des teintes orangées. Il ferme les paupières ! Dans ses visions nocturnes explosent des soleils. Des étoiles basculent sur des rampes de néons. Des rires se disloquent, des visages s'estompent. Avant que les chaleurs de l'été ne tournent au vent du Nord, son ciel se tend encore de pourpre, d'or et d'argent. Alors, tel un oiseau aux ailes fatiguées il s'élève et s'envole vers ces horizons lointains !

Il rêve de larges plaines bordées par l'océan. Où, venant du sud le vent fort et cinglant amène de gros nuages qui assombrissent le ciel et la terre. Il rêve de Valparaiso ! De ses nuits, de ses marins et de son port, d'où est partie la première révolte.

En cette journée du 11 septembre 1973, marchant vers Santiago et son palais de la Moneda, un vent d'insurrection souffle sur le pays. A la tête de la junte militaire, le général Pinochet dirige le coup d'état.

Durant toute la nuit la pluie n'a cessé de tomber. Ce matin encore elle ruisselle sur les trottoirs, bouchant entièrement le ciel de son rideau gris et opaque ! Au volant de sa voiture, l'homme s'est garé en bordure du jardin qui occupe le centre de la petite place. De l'autre côté de la chaussée un café semble ouvert ! Relevant le col de sa veste il traverse en courant. Après avoir précipitamment poussé la porte d'entrée, il s'approche du comptoir.

— Un grand café noir s'il vous plaît !

Accrochée au mur une pendule affiche 7h30. Peu de monde dans l'établissement en cette heure matinale. Ayant pris dans un panier un croissant, l'homme tourne une à une les pages du journal local qui se trouve sur une des tables. Son geste est automatique car aucun des articles ne paraît l'intéresser. Le dos appuyé au comptoir, il semble d'avantage préoccupé par ce qui se passe à l'extérieur. Le patron du bistrot devant sa machine à cafés s'en est aperçu et tente d'engager la conversation :

— Sacré temps de chien ! Vous êtes de la région ?

L'homme se retourne.

— De passage seulement ! Je suis venu pour la foire des antiquaires.

Il doit avoir une quarantaine d'années ; un léger accent. Peut-être Espagnol ou Sud-Américain !

— Vous réussissez mal ! Avec cette pluie ?

— C'est un peu embêtant, car je viens d'assez loin ! Au fait ! Vous qui êtes d'ici, vous pourriez peut-être me renseigner ? Je cherche un monsieur ; soixante-dix ans environ, assez petit de taille. Il est amateur d'objets d'art et habiterait le village ! J'ai quelque chose dans le coffre de ma voiture qui pourrait l'intéresser !

— Je vois de qui vous voulez parler !

Il doit s'agir de Monsieur Mendel ! Jacques Mendel. Le seul ici à avoir une boutique d'antiquaire. Aujourd'hui dimanche le magasin est fermé ; mais il a son appartement juste au-dessus. Il doit se préparer pour la foire ! Enfin si le temps le permet. Vous ne pouvez pas le rater ! Dans la rue principale, il faut prendre la deuxième à gauche. Vous verrez l'enseigne ! « Antiquités »

Après avoir remercié le patron du bistrot et réglé ses consommations, l'homme en courant traverse à nouveau la chaussée détrempée. Une fois à l'abri dans sa voiture, il pose ses mains sur le volant et à travers le pare-brise semble guetter une éclaircie. Aujourd'hui est le dernier jour ! Il a attendu si longtemps ! Puis il s'adosse à son siège et réfléchit : Jacques Mendel ! Ou plutôt Juan Mendez ! Est-ce qu'il le reconnaîtra ?

Parti à sa recherche, cela fait de longs mois qu'il a quitté le pays !... Il se souvient ! Ses souvenirs remontent rapidement le cours du temps, pour s'arrêter soudain...

...Lors du coup d'état de 1973, il avait douze ans ! Il revoit très bien cette journée où les militaires avaient envahi la ville. Les blindés assiégeaient le palais jusqu'au bombardement de celui-ci par l'aviation. Il se trouvait dans leur maison proche des événements. Il était en compagnie de sa mère et de sa sœur plus âgée que lui. Ils apprirent assez vite le suicide du président Allende. Dans les jours qui suivirent, en fin de journée, leur maison fut investie par un groupe de militaires en armes ; casqués et bottés. A leur tête un officier ! Ils venaient chercher son père proche du président Allende ; qui depuis le renversement du régime n'avait réapparu. Ils fouillèrent entièrement la maison ; renversant des meubles, jetant à terre dans la bibliothèque des tas de dossiers. Dépités de n'avoir rien trouvé, sans ménagement ils emmenèrent sa mère et sa sœur. Avant que les militaires ne partent, le gradé se tourna vers lui et ordonna :

— Toi tu restes là !

— Lorsque ton père reviendra, tu lui diras que Juan Mendez est passé ! Et que s'il veut revoir sa femme et sa fille vivantes, il sait où me trouver ! N'oublie pas !

— Tu lui donneras ça !

Avant de sortir, il jeta sur la table quelques mots griffonnés sur un calepin.

Jamais il n'oublierait ce regard fait de satisfaction sadique et de cruauté. Lorsqu'ils furent parti, il se précipita sur le balcon et eut le temps d'apercevoir sa mère et sa sœur monter dans un camion découvert de l'armée, où attendaient déjà trois ou quatre autres détenus. Seul, recroquevillé sur lui-même, n'osant bouger, en pensant à ses proches il passa toute la nuit à pleurer. Désemparé, il ne savait que faire. La journée du lendemain se passa dans l'attente de son père, qui jamais ne se manifesta. Poussé par le désespoir, il finit par s'enfuir. Il erra longtemps en ville, traversa des avenues où des militaires patrouillaient. Tout cela pour se rendre chez une tante, sœur de sa mère. Il se souvenait vaguement du lieu où elle habitait, pour lui avoir une ou deux fois rendu visite. Aussitôt elle l'accueillit et s'occupa de lui jusqu'à sa majorité. Il ne revit jamais sa mère et sa sœur qui n'avaient pu résister aux mains de leurs bourreaux. Son père disparut lui aussi, arrêté et enfermé dans la prison de Pisagua. Plus tard il fut exécuté. Durant les années quatre-vingt-dix, il apprit qu'après la chute de Pinochet, nombreux de ses officiers ayant participés entre autre à la prise de la Moneda vivaient en liberté dans leur propre pays. Certains étaient assignés à résidence dans l'attente de leur procès ; alors que d'autres avaient préféré l'exil. Ce fut le cas de Juan Mendez. Muni d'une nouvelle identité et riche des spoliations faites sur ses victimes, il s'instaura antiquaire dans le sud de la France.

Après maintes recherches ; aidé à Santiago et à Paris par des amis bien placés, il finit par découvrir le lieu de résidence de l'homme qui décima sa famille. Il avait trouvé refuge dans un village du Vaucluse.

Tous ces souvenirs et toutes ces tragiques pensées qu'il remuait, firent monter en lui une sourde révolte. Une rage subite trop longtemps contenue l'envahit. Sans plus se soucier de la pluie qui n'avait cessé, il se dit qu'il fallait en finir. Nerveusement, il ouvrit le coffre de sa voiture pour en extraire un grand sac de cuir. Puis, comme lui avait indiqué le cafetier, il se dirigea vers la rue principale qui donnait sur la petite place.

Après s'être levé, il se dit comme chaque matin qu'il avait mal dormi. Il se dirigea vers la cuisine, constatant que la pluie frappait avec force les carreaux de la porte-fenêtre qui donnait sur le balcon. Il en conclut que pour la foire, aujourd'hui c'était foutu ! Une tasse de café lui ferait le plus grand bien. Il remplit la cafetière et la mit sur le feu. Ses pensées le ramenèrent à cette nuit, où il avait de plus en plus de mal à trouver le sommeil. Lorsqu'il s'endormait, ses rêves le transportaient en ces lieux qu'il pensait avoir définitivement oublié. Des images réapparaissaient violentes, faites de pouvoir et d'autorité absolue. Mais tout cela était bien loin à présent. Il voulait ne plus y penser. L'appartement qu'il habitait était situé au premier étage, et communiquait avec la boutique qui se trouvait juste au-dessous. Pour atteindre cette dernière, il emprunta dans le séjour un vieil escalier en bois, bien pratique. Accès direct qui lui évitait de sortir. Aujourd'hui vu le temps, l'étalage extérieur n'ayant pas lieu, il en profiterait pour faire du rangement, et classerait toutes les pièces et objets qu'il possédait. Comme chaque fois quand le magasin restait fermé, il actionna le rideau métallique de la devanture jusqu'à environ un mètre cinquante du sol. Laissant la porte intérieure ouverte, cela suffisait pour un peu aérer et dissuader d'éventuels clients. Alors qu'il s'occupait dans sa boutique, une forte odeur de café lui parvint.

— Bon dieu ! J'ai oublié la cafetière.

Aussitôt il se précipita et remonta l'escalier. Bien sûr ! Le café avait entièrement débordé et s'était répandu sur la cuisinière et sur le carrelage. Il mit un certain temps avant de tout remettre en ordre ; cela à grand renfort de jurons moitié Français, moitié Espagnol. Et c'est alors qu'il s'apprêtait à retourner à ses occupations, qu'il s'arrêta net. Son regard fut attiré par des traces humides sur le parquet, allant du haut de l'escalier jusqu'au tapis du séjour. Avant qu'il ne réagisse, il

81

reçut derrière la tête un violent coup qui lui fit perdre connaissance. Lorsqu'il se réveilla, il était assis sur une chaise, les jambes et les bras solidement liés. Face à lui se tenait un homme, debout, qui le regardait.

— Enfin je te retrouve ! Juan Mendez !

Il ne répondit pas, mais il sut aussitôt que sa vie s'arrêtait là. Il avait souvent pensé à ce moment où il devrait rendre des comptes. A présent qu'il en était là, il n'avait plus peur ! L'homme fit glisser la fermeture éclair d'un grand sac ; duquel il sortit une poche en plastique enveloppant une sorte de cahier à la rigide couverture. Se mettant derrière la chaise, il ouvrit le cahier et le plaçant devant le visage de son prisonnier, ordonna :

— Lis à haute voix !

C'était une liste de personnes sacrifiées, dont les noms inscrits s'échelonnaient sur plusieurs pages. Ces renseignements avaient été recueillis auprès des familles qui avaient perdu un ou plusieurs de leurs proches, durant la prise du pouvoir en 1973. Formé par la Dina, un certain Juan Mendez en était le principal exécutant. Il était chargé de la répression et des crimes les plus ignobles. Cette liste n'étant pas exhaustive, elle ne représentait qu'une partie des gens arrêtés et des exactions alors perpétrées. Nombreux d'entre eux furent emmenés au stade national transformé en prison. Dans le rio Mapocho qui traverse la ville, flottaient des cadavres fusillés pendant la nuit. Et combien d'autres corps ne furent jamais retrouvés ? Juan Mendez qui appartenait à l'extrême droite, dirigeait cette section de tortionnaires, dont il était fier. De l'homme qui était derrière lui, il connaissait très bien le père. Bien qu'ils ne se fréquentèrent point ; car l'un et l'autre ne s'appréciaient pas beaucoup… Son père ! Qui lui, faisait partie du mouvement populaire.

Dans un pesant silence, il lut à haute voix les noms de la liste qu'il avait devant lui. Seules des rafales de pluie contre les volets fermés, venaient rythmer cette litanie. Arrivé en fin de liste, il prononça les trois derniers noms qui y étaient inscrit.

— « Carmen Sanchez - 36 ans !»

— « Amelia Sanchez - 16 ans !»

— « Octavio Sanchez - 40 ans !»

Lorsqu'il eut terminé, l'homme derrière lui retira le cahier et à la place de celui-ci présenta un calepin aux pages jaunies, sur lequel était tracée une écriture qu'il reconnut comme étant la sienne. Il put lire : « Octavio Sanchez ! Viens me voir ! Ne me fait pas attendre !»

L'homme, prit la parole :

— Nous sommes aujourd'hui en septembre 2003 ! Cela fait exactement trente ans !

Je m'appelle Pedro Sanchez ! Octavio était mon père ; à l'époque j'avais 12 ans ! Aujourd'hui c'est moi qui viens te voir. Tu m'excuseras Juan Mendez d'arriver un peu en retard !

Le supplicié comprit aussitôt le message et ferma les yeux. Sans autre explication, d'un geste vif l'homme lui enferma la tête dans la poche en plastique qu'il avait entre les mains, la nouant hermétiquement autour de son cou. L'agonie dura plusieurs minutes. Lorsque tout fut fini, s'étant assuré que la vie avait définitivement quitté le corps de son supplicié, il tira par son dossier la chaise jusqu'à l'escalier de bois. Après l'avoir défait de ses liens et du plastique dont la tête était prise, il bascula le corps du haut des marches. Remettant dans son sac tout ce qui lui avait servi, en prenant soin de ne laisser aucun indice de son passage, à son tour il s'engagea dans l'escalier. Il enjamba le corps bloqué en son milieu dans une position ridicule et traversa la petite boutique encombrée de bronzes, de meubles anciens et de tas d'autres objets semblant se dissimuler dans la pénombre. Il avait pour ce soir dans sa poche, le billet qui le ramènerait en Amérique du Sud. Fléchissant les jambes, il courba le dos pour passer sous le rideau métallique.

La rue était déserte ; la pluie avait cessé ! Il leva les yeux au ciel et devina un timide soleil, qui tentait une percée à travers les nuages.

Table des matières